# おしどり長屋

## おんな大工お峰　お江戸普請繁盛記

泉ゆたか

角川文庫
23863

# 目次

# 第一章　おしどり長屋

## 1

神田横大工町に春の嵐が訪れた。

冬の身体を刺すような冷たい風とは違う、生暖かい風だ。

砂埃と花の香りを僅かに含んだ春の風は、常に鼻の奥をむず痒くさせる。よしっ、と気合を入れようとしてもどこか気怠さを感じてしまう、そんな春の日だ。

「おじいちゃん、お客さんですよう。遠くはるばる下総の国から、おじいちゃんに会いたいってお客さんがいらっしゃいましたよう」

ご機嫌な調子で戸口から飛び込んできたのは、この長屋で采配屋を営む与吉の、四つになる孫娘の花だ。

「おっと、お花、蹴っ飛ばさないでおくれね。ごめんごめん、すぐに仕舞うから」

峰は三和土のところに干していた作事用の藍色半纏を慌てて片付けた。

つい先ほどまで板に張って表に出していたのだが、この強い風のせいで飛ばされてしまったので、急いで中に入れたばかりだった。

通りすがりに花の頬っぺたをちょいとつつくと、花はきゃっと笑って板の下を潜った。

「はいはい、ただいま。お前さん、お客さまがいらっしゃるよ」

腰を浮かせた芳が、与吉の尻を叩くようにして手早く部屋を片付けた。

「ああ、わかった、わかった。もちろん聞こえていたぜ。まだまだ耳は遠くなっちゃいねえさ」

与吉はもう何十年もそうしていたような調子の受け答えで、襟元を整えて番台の前に座った。

采配屋は、お江戸の住まいのあちこちを直す普請を客から請け負い、職人と材料を手配し調整をするのが仕事だ。

与吉は江戸城の小普請方を務める御家人柏木家の当主柏木伊兵衛、つまり峰の父親が存命の頃から柏木家に出入りしていて、女房の芳は身体の弱かった峰の母親の代わりに乳母を務めていた。

峰は両親が相次いで亡くなってから、頼りない弟の門作に少しでも家督を継ぐ自覚を持って欲しいと、日比谷の組屋敷を出て市井で職人として生きる道を選んだ。

その際にまず最初に思い浮かんだのが、与吉たち家族の顔だった。

独り身でも暮らしやすい空き部屋を探すのを手伝ってもらおうと訪れたが、皆からまるで久しぶりに戻った我が子のような歓迎を受けて、結局居候することになってしまった。

与吉の許で、職人としての腕ばかりではなく、このお江戸で暮らしていく上で客との関わりや仕事での立ち回り方まで、日々学んでいる最中だ。

「お客さん、お客さん、こっちよ、こっちよ」

表に身を乗り出した花が大きく手招きをして、框に駆け上がった。

「あら、お花、それ、どうしたの？」

障子を開け放って針仕事をしていた綾が、不思議そうに顔を上げた。

「あっ！　いたたた。もう、まただわ」

針先で指を刺してしまったようで、小さな悲鳴を上げる。

花の父親、綾の亭主であった善次郎は、病で倒れて急に亡くなった。

それから綾はひとり娘の花と一緒に、実家の与吉のところに身を寄せている。

ついここ最近、花が四つになってずいぶん腰が据わったのを見計らって、裁縫仕事を請け負い始めたところだ。

「お客さんにもらったのよ。お花がおじいちゃんのところに案内するよ、って言ったら、お客さんがくれたの」

花の手には、折り紙でこしらえた綺麗な朝顔の花が握られていた。

折り紙としては簡単な手順のものではあるが、鋭く尖った折り目などを見ると紛れもなく大人の手によるものだとわかる。使われている紙は薄紫に朱鷺色が滲んだ上等なものだ。

「まあ、きちんとお礼を言った？」

「うん。ありがとう、って言えたのよ」

花が胸を張ったその時、戸口で若い男の声が響いた。

「ごめんください、わたくし、下総から参りました俵屋助左衛門と申します！」

緊張した面持ちで現れたのは、十九の峰と同じ年ごろの男だった。

皆の目が一斉に注がれたと気付いて、焦ったように背筋をしゃんと伸ばす。

と、じゃりん、と重い錠前を閉じたような音が響いた。

助左衛門の懐から、中身がみっちり詰まった朝顔柄の巾着袋が落ちたのだ。

巾着袋の緩んだ口から、まばゆく輝く金粒がざっと零れ落ちた。いったいどれほどの大金を持ち歩いているのだろう。

「あ、すみません」

呆気に取られた皆の前で、助左衛門は少々恥ずかしそうに巾着袋を拾い上げて何食わぬ顔で懐にしまい直した。

「……ええっと、父から文が届いておりませんでしょうか？」

助左衛門が気弱そうな顔で皆を見回した。

青白い肌。心優しいのか甘ったれなのか、どちらなのかが一目ではわかりづらい柔らかな顔立ちだ。

覚えずして弟の門作の姿を思い出す。本を読むことと漢詩の読み書きが何より好きで、強面の職人たちが力仕事に励む家業の普請なぞまっぴらだ、と逃げ回っていた頼りない弟だ。

「下総の俵屋さんだって？　どこかで聞いた名だな。おい、お前……」

大金を目にした驚きから覚めない様子でぼんやりした顔だった与吉が、慌てて芳を振り返る。

「ええ、ええ。お父上からのお文、届いておりますとも。俵屋さんっていえば、あの関宿の……」

利根川と江戸川を結ぶ位置にある関宿は、東北や銚子と北関東を結ぶ舟運の要衝だ。城下町には多くの問屋の大店が店を連ねる。

芳が、お前さん、と与吉の太股をぴしゃりとやった。

与吉がはっと気付いた顔をする。

「干鰯問屋の俵屋さんだな！　これはこれは、とんだご無礼を！　それじゃあああんたが、俵屋さんがお文に書いてきた跡継ぎのぼっちゃん、ってことかい？」

与吉がぽんと膝を叩いて親し気な目を向けると、助左衛門はようやくほっとした顔で眉を八の字に下げた。

「私が三代目、俵屋助左衛門でございます。このたび俵屋創業五十年を機に、満を持してのお江戸への進出のため、偵察に参りました」

助左衛門は強張った声を出す。

言葉尻に微かな訛りを感じた。

「つまりお江戸の土地を買いたい、ってことだね？」

与吉が顎に手を当てた。

「ええ、そのとおりです。このたび俵屋は日本の中心であるお江戸のさらに中心に店を構えてその名を轟かせようと、そういう心づもりでおります。与吉さんは、お江戸の土地建物について、たいへんお顔が広い方と伺いました。ぜひとも、お力添えをいただけましたらと」

　助左衛門がぺこりと頭を下げた。

「そうか、幾年か前に俵屋さんが関宿の大きな普請にわざわざ呼んでくれた、ってのはそういうわけだったんだな。職人たちの宿や飯はもちろんのこと、関宿までの行き帰りにかかる日銭まで出すなんて、とんだ大盤振る舞いだと驚いていたさ。あの年は、飢饉で押し寄せた気仙大工が溢れて商売あがったりでねえ。俵屋さんの普請のお陰で年を越せたようなもんだよ」

　与吉が頷いた。

「もちろん、あの時の御恩は忘れちゃいねえさ。俵屋さんがお江戸でお望みどおりの土地を買えるようにお手伝いさせていただくよ」

「やった！　ありがとうございます！」

　助左衛門が少年のように華やいだ顔をした。

　大金持ちの大店の跡取り息子といえども、初めての場所は不安でいっぱいだったのだろう。

　与吉という力強い味方を得た助左衛門は、急に生き生きした顔つきになってきた。

「そうと決まれば、早速、お江戸見物と行こうじゃねえか。案内するよ」

与吉がにんまり笑って腰を上げた。

「わあ、よろしいんですか？　楽しみです。お江戸で行ってみたいところはたくさんあるんです」

懐からそこかしこ端を折った、読み込んだ本を取り出す。

最近人気の、お江戸の見聞録だ。

「もちろんお代は私が持たせていただきますので、ええっとその、あの、水茶屋なんてところがあるとの噂を……」

助左衛門が燥（はしや）いだ様子でこっそり耳打ちしたところで、芳の眉がきりりと尖った。

「お峰、お前も一緒に、助左衛門さんをご案内して差し上げなさいな」

こんなに浮かれた客人と二人で遊びに出したら何をしでかすかわからない、という渋い顔だ。

「私が、ですか？　もちろん構いませんけれど」

峰は己の鼻先を指さした。

「えぇっ！　こちらのお嬢さんもご一緒ですか」

助左衛門が少々残念そうな声を上げた。

「お峰は、ただの〝お嬢さん〟じゃございません。普請仕事を請け負う女大工なんですよ。助左衛門さんに何かご忠言できることもありましょう」

芳はにこやかに、しかし有無を言わせない口調だ。

「普請仕事……？　家を建てる大工とは違うんですか？」

助左衛門が首を捻った。

「普請というのは、既に建っている家の中をうまく整えて住みやすくする仕事のことです。この狭いお江戸、それも俵屋さんが店を構えたいと思うようなお江戸の真ん中では、新しく家を建てる土地なんてそうそう出ませんからね。一から新しい家を建てる大工よりも、普請大工のほうが忙しい場合もあるんですよ。ね、お前さん？」

「そ、そうだな。お峰が一緒だとありがてえや」

与吉はばつの悪そうな顔をしてから、慌てて大きく頷いた。

「ねえお峰ちゃん、お客さんに、朝顔市の出るところを教えてあげてね」

折り紙の朝顔を手にした花が、峰ににっこり笑いかけた。

「朝顔市？」

助左衛門が耳ざとく聞きつけて、身を乗り出した。

「梅雨が明ける頃に、入谷の鬼子母神のところに朝顔市が出るんです。よかったらいた。

ご案内しますよ」

峰は説明した。

「ぜひとも、ぜひとも、お願いいたします！」

助左衛門は真っ赤な顔をして言うと、「朝顔市か……」とうっとりしたように呟いた。

2

与吉と助左衛門と連れ立って、ひとまずは賑やかなところを目指そうと神田横大工町から日本橋へと通じる大通りに出た。

「お江戸とは、人が住む家がほとんどありませんね。どこもかしこも商売をしている店だらけです。皆、いったいどこで暮らしているのでしょう」

助左衛門が通りにずらりと並んだ大小さまざまな店に目を丸くした。

店先に停まった大八車から積み荷を降ろす半裸の人夫たちが、「おういこっちだ！」やら「馬鹿野郎！」やら大声で喚く姿に、わっ、と声を上げて飛び退く。

「表通りに面した騒々しいところに家を構える奴なんてそうそういねえさ。お江戸の皆は裏長屋に住んでいるんだ。ほら、こんな路地を通った先に間取り九尺二間の裏長屋がずらりと連なっているんだよ」

与吉が店と店との間にある、裏長屋へ続く薄暗い小道を指さした。

「へえ、この奥ですか？　ってことは、日当たりはかなりお粗末なものになりやしませんか？　人が暮らすにはずいぶんと……」

助左衛門が臆したように路地を覗き込む。

「ああ、あんたの言うとおりだよ。お江戸の庶民が暮らす裏長屋なんてのは、どこもかしこも薄暗くてじめじめした辛気臭えもんさ」

与吉がわざと仏頂面を浮かべてみせる。

「い、いえ、そこまでは言っておりませんが」

助左衛門は、峰に助けを求めるような目を向けた。

「このあたりは賑やかなところに近くて場所が良いですからね。ここに住めるのは恵まれている人たちなんですよ。助左衛門さんの関宿での暮らしとは、ずいぶん違いますか？」

峰が訊くと、助左衛門は困ったような顔をした。

「そうですねえ、下総での暮らしとはかなり違った様子です。本で読む長屋暮らし、というのは、もっと明るくてのびのびして賑やかなものだと思っていましたが。こんなに暗くて狭くてごちゃごちゃした、まるで鳥籠のようなものだとは思いませんでした」

見物に出て早々、これまで思い描いていた華やかなお江戸暮らしとの違いにしゅんとしてしまったようだ。

同じような長屋暮らしの与吉を前に、鳥籠とはなかなか失礼な言い草だ。だが、そんなことにも気が回らないほど意気消沈している。

「おうっと、賑やか、ってのだけは間違っちゃいないぜ。お江戸の長屋では、仕切りの壁なんてあってないようなもんだからな。十軒先の部屋の鼾まで丸聞こえよ」

「十軒先の部屋の鼾、ですか？　ということはつまり、九軒先の鼾も、八軒先の鼾も……」

助左衛門が恐る恐る訊き返す。

「与吉さん！　十軒先ってのは、さすがに言い過ぎですよ」

峰は、わざと意地悪いことを言って面白がる与吉を窘めた。

「助左衛門さんは、しばらくお江戸にいらっしゃるんですよね。お住まいの場所は決まりましたか？　もしまだでしたら、すぐに与吉さんが手配をしてくれますよ。与吉さんの采配屋では、作事の手配から空き部屋の紹介、はたまた土地取引まで、お江戸の住まいのことなら何でも請け負っていますからね」

　気を取り直して声を掛ける。

　この助左衛門が心地良く暮らせるほどの広くて新しい部屋となると、いくら金持ちでも少々不便な場所になってしまいそうなのが心配ではあるが。

「い、いえ。こちらにいる間は宿屋に部屋を取りますのでお気遣いなく。宿屋でじゅうぶん足りております」

　助左衛門は目を白黒させて首を横に振った。

　しばらく大通りを歩くと、急に店五、六軒ぶんほどの開けた土地が現れた。

　十人ほどの大工たちが、柱を組んでいる真っ最中だ。

「ここには、新しい家が建つのですね。ずいぶんと大がかりな作事ですね」

　助左衛門が興味深そうに足を止めた。

「ここいらは、半月前に火事で焼けちまったんだよ。幸い、丸焼けになったのは二軒だけで、死人が出なかったのが不幸中の幸いだな」

「火事ですか！　お江戸では何より恐ろしいものだと聞きますね」

　助左衛門が周囲を見回した。

「あ、確かにあそこのあたりが黒く焼けていますね。しかしここまでは、火が回らなかったでしょう？　ここにあった店はどうなったんですか？」

「お江戸でひとたび火事が起きちまったら、延焼を防ぐのが何より大事さ。火を消すよりも先に、周囲の家をぶっ壊して更地にするんだ」

〝壊す〟という物騒な言葉は家主にとっていちばん不快なものだ。作事の現場ではまず使わないが、火事の場合だけは別だ。

普段そこで暮らす者のことなぞ一切構わずに、とにかく大勢でよってたかって滅茶苦茶にぶっ壊す。

「へえ、〝ぶっ壊す〟ですか。それはそれは、荒っぽいことをなさいますね」

助左衛門はすっかり縮こまった様子で、こっそり息を吐いた。

そのとき、煙管(キセル)を手に仲間と休憩していた大工のひとりが、こちらに向かって手を振った。

「おう、お峰！　与吉さんも一緒か！」

筋骨隆々とした身体に日に焼けて朽葉色の身体。いかにも腕の良い職人らしい自負に満ちた表情、大工の五助(ごすけ)だ。

「五助さん、おはよう！　五助さんがいるってことは、ここにはずいぶんとこだわりのある家が建つんだね。楽しみにしてるよ」

五助の大工としての腕前はお江戸でも一、二を争うと噂されている。

客の度肝を抜くような奇抜な店構えも、訳ありの家族が不思議な暮らし方をするような奇妙な家でも、たったひとりで難なく図面どおりのものを作り上げてしまう。

「ああ、聞いて驚くなよ。ここに建つのはからくり小屋だ。主人が異国で見つけてきたっていう、天井が足元に、床が頭の上にある、まっすぐ歩くのさえ難しいような見世物さ」

「へえ、からくり小屋！　妙なことを思いつくもんだねえ。俺みたいな年寄りは、そんな話、聞いただけで眩暈がして足元がゆらゆら揺れてくるさ」

与吉がぐるりと目を回してみせた。

「五助、こちらは助左衛門だ。今日はお江戸見物の最中さ。以前、関宿でお前にも作事を頼んだことがあっただろう？　あそこの俵屋の跡取り息子だよ」

「ああ、俵屋か！　親父さんには世話になったな。帰りの道中に喰うための弁当なんてもんを持たせてもらったのは俵屋が初めてさ」

五助が手をぽんと叩いてから、助左衛門に向き合った。

「は、はい、なにとぞよろしくお願いいたします」

大店の主人のことを平然と「親父さん」なんて呼ぶ職人肌の五助に驚いているの

だろう。助左衛門はしきりにぺこぺこと頭を下げた。

「ちょうど与吉さんのところに用があったんだ。助左衛門、あんたの用事が急ぎじゃなけりゃ、少しだけいいかい？」

「ええ、もちろんでございます。私は少しも急いでおりません」

どうぞ、どうぞと大きく頷く。

「悪いな。俺の大工仲間の文太のことなんだけどな。おうい、文太！ こちらがさっき話した采配屋の与吉さん、こっちが普請の仕事をするお峰って女大工だ」

「私の普請仕事の話かい？」

仲間に向かって手招きする五助に、驚いて訊ねた。

「ああ、そうさ。文太たちが暮らす長屋の部屋の普請を頼みたい」

「だって文太さんは大工職人だろう？ 部屋を直すなんて自分でやれるんじゃないのかい？」

「いや、そういうわけには行かない事情があるのさ。けど、一刻も早くに何とかしなくちゃいけねえんだ」

「一刻も早くに、ってのはどうして？ 穏やかじゃない雰囲気だね」

「赤ん坊が生まれちまうんだよ。それまでにあの部屋の普請を終わらせなかったら、あいつら夫婦はおしまいだ」

「えっ？」

向こうからやってきた文太は、ひょろりと背が高い気の優しそうな男だった。

3

「へえ、所帯を持って半年ですか。それはそれは楽しい頃でございますな。この世の春です。夫婦ってのは、その頃の美しい思い出だけでそれから五十年やっていくようなもんですからねえ」

与吉が明るい調子で目を細めた。

「女房は里から出てきて小網町(こあみちょう)の海苔(のり)問屋で女中をしていた女さ。俺が近所の家の作事をしていたきっかけで喋(しゃべ)るようになったんだよ。気立てが良くて優しい女でねえ。そりゃもう楽しいばかりだったよ。最初の十日まではね」

それまで恥ずかしそうにはにかんでいた文太の声が、急に低くなった。

顔に暗い影が落ちる。

「最初の十日まで、ですか……」

思わず峰は繰り返し、与吉と「さあ来たぞ」と目配せを交わす。

「おっと、喧嘩でもなさいましたか？　男と女の仲ってもんは、惚れ合っていればいるほど派手な喧嘩になる、ってところがございますよ。人ってのはほんとうに愛想を尽かしちまった相手には、相当冷たいもんですから、喧嘩にさえなりません」

与吉は年長者らしく笑顔を崩さない。

「おいっ、あれを見てもらえよ」

五助が文太の肩を突く。

文太はほんの刹那だけ躊躇う様子を見せてから、覚悟を決めたように頷いた。

両腕に巻いた汗を拭うための晒し布を外す。

「ええっ！」

峰と与吉は顔を見合わせた。

文太の肘から手首のあたりには、一目で女のものとわかる小さな歯形がいくつも付いていた。歯形には僅かに血が滲み、黄色と青色の混ざったいかにも痛そうな痣になっている。

「これ、ほんとうにお内儀さんがやったんですか？」

峰だって気の強さではそこらの女に負けないつもりでいた。だが怪我をするまで人を傷つけたことなぞ一度もない。

力が弱いはずの女が、どんな加減で嚙みついたらこんな痛々しい傷になるのか。

空恐ろしい心持ちで文太の傷を見つめた。

と同時に、こんな調子の大喧嘩をしたというなら、身重の女房のほうは無事なのだろうかと不穏な気持ちにもなってくる。

「何ともお優しいご亭主ですな。お気持ちをお察しします」

与吉が眉を八の字に下げた。

「与吉さん、どういうことですか？」

首を傾げた峰に、与吉は、

「力自慢の職人が、女ひとり振り払えないはずがないだろう。こんなに綺麗な歯形がつくってことは、どれほど女房が荒ぶっても一発だってやり返さずにじっと耐えていたってことに決まっているさ。ねえ、文太さん？」

「ああ、そうだよ。俺があいつをぶん殴ったら、一発で骨が折れちまうからな。おまけに腹に餓鬼がいるってんだから、俺はどれだけやられてもやられっぱなしでいることしかできねえさ」

文太は情けない顔をして肩を竦めた。

「こいつはこういう男なんだよ。ここまでされたって、女房のことを誰よりも大事に思っていやがる。だから何とかして力になってやりてえんだ」

五助が与吉に、峰に目を向けた。

「へえ……」

一歩下がったところで興味津々の様子だった助左衛門が、感心したような声を上げた。

「女房は、この家のせいで気が立つって言うのさ。それじゃあどこをどう直したらいいんだ？　って聞いても、自分でもわからねえって泣き騒ぐ。とにかくこんな居心地の悪い家には住めねえ、ってだけ言い募るのさ」

「ご自身でもわからない、ですか……」

与吉が慎重に繰り返した。

「今、女房は、日がな一日家にいるんだ。これからどんどん腹が大きくなって赤ん坊が生まれるから、少なくとも半年はその暮らしが続くだろう？　同じ女の職人にだったら、胸の内を喋ってくれるんじゃねえか、って思ってな。何とかしてあんたがたに、今の家を心地良い部屋に整えてやって欲しいんだ」

文太が勢いよく頭を下げた。

「先ほど文太さんは、お内儀さんのことを、気立ての良い優しい女だった、とおっしゃっていましたよね。お内儀さんに何かあったんでしょうか？」

峰は顎に手を当てた。

「何かあったっていやあ、俺たちが一緒に暮らし始めたことと、餓鬼ができて腹が大きくなったことぐらいしか思いつかねえな」

文太は困った顔で遠くを見つめる。

「女は身籠ると気が立つもんです。ですが、さすがにそのお怪我は度を越しています。放っておいて良いことはありません。その気の高ぶりが、万が一にでも生まれてくる子に向くことがあってはたいへんなことになります」

与吉が厳しい顔をした。

「もしよろしければ、これから文太さんのお宅に案内していただけますか？　お内儀さんからお話を伺って、部屋の中も見させていただければと。お仕事中とは存じておりますが、これはできる限り早く取り掛かったほうがいいかと……」

文太の腕の傷に目を走らせて、頷く。

「ああ、そうしてくれると助かるよ。ちょうど昼の休みを取ろうとしていたところさ。ここからすぐの白壁町なんだ」

文太が通りの向こうを指さした。

## 4

文太の後に続いて白壁町の狭くて暗い小道を進む。

神田のこのあたりには大工をはじめとする職人が多く暮らす。白壁町もその名のとおりかつては左官が多く暮らした町だが、日本橋へ出る大通りからすぐ入ったところなので最近は若者相手の店も多い。

店の裏側に回り込むと、そこには井戸とお稲荷様と厠のある路地に面して、それぞれ十ほどの小さな部屋が左右に並んだ裏長屋に出た。

確かに日当たりは良くない。

だが遊び回る子供たち、棒手振りの物売り、井戸端語りのお内儀さんたちの活気ある姿のお陰で、気が重くなるような薄暗い雰囲気は少しもない。

「へええ、長屋というのはこんなふうになっているんですね」

峰には見慣れた光景だが、助左衛門には面白くて仕方ないのだろう。

きょろきょろと周囲を見回す口元に笑みが浮かぶ。

「私たちの仕事にお付き合いさせてしまいますね。退屈していませんか？」

峰が声を掛けると、助左衛門は思った通り「とんでもない、楽しくて、楽しくて」と大きく首を横に振った。

「先ほど与吉さんからお話を聞いたときは、長屋の部屋で暮らすのは独り身の者ばかりだと思っていました。ですが家族で暮らしている人も多いんですね。あんな狭いところに……」

言いかけて助左衛門は慌てて口を噤んだ。

「江戸っ子は、あまりたくさん物を持ちませんからね。身の回りのものは行李ひとつにまとめて、衝立でもしておけば、狭い部屋でも楽しく暮らせますよ」

「物をたくさん持たないというのは、欲しいときにいつでも買うことができるという都ならではの考えですね。田舎では、いつ必要になるかわからないものを蔵に目一杯溜め込むのが、豊かな暮らしとされています。あ、こんなところに桜の木が。花の時季にはどれほど美しかったでしょうね」

助左衛門が、ちょうど花が落ちたばかりで青々とした若葉が茂った桜の木を見上げた。

「さあ、ここだよ」

文太が奥まったところにある一部屋の前で立ち止まった。

「二階建て、ですか。ずいぶんと良いところにお住まいですな」

与吉の言うとおり、長屋の奥まった三部屋だけが二階建てだ。表店が狭い土地をうまく使おうと建てたのだろう。

「ああ、俺も女房も子供好きなもんでね。広い家にしておけば、いくら子供が増えても平気だと思ったのさ」

大工はお江戸の職人の中でも稼ぎの良い仕事だ。

その中でも二階建ての長屋を借りることができる稼ぎがあるということは、文太は五助と同様、すべて己の手だけでひとつの家を作ってしまう腕の良い棟梁に違いない。

「おうい、お市、戻ったぞ」

文太が声を掛ける。

「どうして戻ったの？」

感情の伺い知れない冷えた声とともに、怪訝そうな顔をした女が戸口から顔を覗かせた。

顔色が悪く小柄で痩せた女だ。

文太に遠慮のない鋭い目を向けてから、与吉が一緒だと気付いてはっとした顔をする。

この大人しそうな女があれほど力いっぱい亭主の腕に嚙みつくのかと、思わず口元に目が向いてしまいそうになるのを、峰は慌てて抑えた。

「どうして戻った、って？　意地の悪い言い方をするんじゃねえや。お前のためだよ」

文太は皆の手前決まりが悪いのだろう。背を曲げて市の眼に合わせると、わざとおどけて応じた。

向かい合うと、ずいぶんと背丈の違う夫婦だ。

そこいらの男よりもはるかに長身の文太に、峰より頭一つ分は小さい市。影だけならまるで親子のようにさえ見える二人に、確かにこれほどの体格の差があれば、まともな男ならば女房を張り倒すことなんてできないのはわかる気がした。

「お客さんがいらっしゃるなんて知らなかったわ。私のためってどういうこと？」

市は警戒を隠さない顔つきで、与吉にひとまず頭を下げた。

「采配屋（さいはい）の与吉さんだ。この家の普請を頼むんだよ。お前がもっと心地良く過ごせるようにな」

「もっと心地良く、ですって？　あなた、いったい何を喋（しゃべ）ったの？」

市の顔つきが険しくなった。

「これから赤ん坊が生まれると伺いました。文太さんはそれをとても楽しみにしていらっしゃいましてね。お市さんが子育てをしやすいように家を整えようと思って伺ったんです」

同じ女同士と思えば、少し気を許してくれるかもしれない。峰は一歩前に進み出た。

「は？　あなた、どなた？」

冷え切った声に驚いた。

市が鋭い目で峰のことを睨みつけていた。

「申し遅れて済みません、普請をやらせていただきます、女大工の峰と申します」

どうしてこんなに怒っているのだろう。

見当がつかず、どうにかこうにか笑顔を作る。

「女大工、ですって？　そちらには男の職人さんはいないの？」

今度は与吉に鋭い目を向ける。

「もちろんおりますとも。どうしても男がよろしい、ということでしたら、すぐに男の職人を連れて出直してまいりますよ」

与吉は涼しい顔で受け流す。

「男がいい、だなんて。そんなつもりじゃありませんけれど……」

　市は不満げな顔で鼻息を吐いた。

「それで、どんな普請をなさるんですか？」

「中を見せていただいてもよろしゅうございますか？」

　与吉が丁寧に訊くと、市は渋々の様子ながら頷いた。

「お市、それじゃあ俺は仕事に戻るぞ。与吉さん、金の話は後から俺のところに来ておくれ」

「ええ、お任せください。うちは奥方さまをうまく丸め込んで、勝手に馬鹿高い普請を始めるような悪どい采配屋ではございませんよ。どのくらいの金子が動くことになるか、必ず文太さんにご相談させていただきます」

「悪いな、与吉さん。お市を頼むよ」

　文太と与吉は頷き合った。

「帰りは遅くなりますわね。いつもの居酒屋で、お仲間連中と酒をかっ喰らっていらっしゃるんでしょう？」

　市の恨めしそうな声に、文太の顔も、与吉の顔も強張った。

「な、何を言ってやがるんだ？　人前だぞ。みっともねえからやめろ」

文太が狼狽(ろうばい)した様子で、どうにかこうにか低い声を出した。

「助左衛門さん、悪いけれど部屋の前で待っていてくださいな。ちょっと厄介な場になりそうですからね」

峰がこっそり耳打ちすると、助左衛門は、

「ええ、ええ、もちろんです。私は争いを好まない平和な田舎者です」

と早口で応え、くわばら、くわばら、と呟(つぶや)いた。

5

文太と市の部屋の中は、入ってすぐの土間に炊事場がある。框(かまち)を上がると至ってどこにでもある九尺二間の部屋が広がる。その奥に二階へ上る階段がついていた。

「やあ、広いお部屋ですねえ。お二人暮らしでしたら広すぎるくらいでしょうか。この一階の広さだけで、夫婦と小さい子供幾人かで暮らしている家なぞお江戸にはいくらでもありますよ。何ともうらやましいお話です」

与吉はにこやかな顔を崩さない。だが一階の部屋は大きな行李が二つ置かれていて、鏡台やら箱膳(ぜん)やらこまごましたものが並び、枕屛風(まくらびょうぶ)が畳んで壁に立てかけてあったりでずいぶんと狭苦しく見えた。

「一階に物が溢れかえってしまうのよ。戸口を開けるといつもこれが目に入るの。うんざりするわ」

市が決まりの悪さを隠すように硬い声で言った。

「確かに二階建て、というのは、皆さん一階に物を置くようになりますね。荷物を担いで急な階段を上り下りする、というのは相当危のうございますからね」

「二階は物置にしようと思っていたのよ。そうすれば普段は何もない綺麗な部屋で広々と暮らせるから、って。とんだ目論見違いだったわ。今では一階が物置、二階が暮らす場になってしまっているから、一日に何度この階段を上り下りしていることやら」

市が部屋の奥の急な階段を忌々し気に睨んだ。

「そのお身体で階段の上り下りは、確かにお辛いですよね」

峰は、市の大きな腹に目を向けた。

「この身体じゃなくても辛いわ」

またしても市は峰にひどく素っ気ない態度を取る。

ぷいと顔を背けて、「上をご覧になりますよね？」と階段を指さした。

「は、はい。ぜひそうさせてください」

腫れ物に触るような心地で、峰は大きく頷いた。

階段を市に続いて上る。

「おっと。与吉さん、気を付けてくださいな」

慌てて与吉に囁いた。

この階段は一段ごとの間がずいぶん広くて急だ。

女にしては大柄な峰ならまだしも、小柄な市はまるで梯子をよじ上っているような有様だ。

「平気だよ。ここを建てた職人は、なかなかいい仕事をしてくれているからな」

難なく急な階段を上り切った与吉が、上から階段を見下ろした。

「ここを建てた職人、ですって?」

市が驚いた顔をした。

「二階建ての建物のつくり、ってのは、階段を見るとわかります。いくら緩やかな階段でも、一段ごとの間が滅茶苦茶だったらいつ足を踏み外すかわからない恐ろしい階段ですからね。この階段は、ずいぶんと急ではありますが一段ごとの間がきっちり揃っていますから、腕の良い職人が作ったとわかりますよ」

確かにほれぼれするほど段差の整った階段だ。まだ建物自体が新しいことを差し引いても、板にほんの少しの歪(ゆが)みもない。

よほど腕が良い大工でなくては、こんな階段は作れない。

「……実は、この部屋、主人が作ったものなんです」

市がどんな顔をするか迷うように言った。

「ここをこしらえている最中に私と出会ったんです。初めてひとりで二階建ての店(たな)を丸ごと建てた、って。所帯を持ったらぜひここに住みたいんだ、って言われたんです」

「そうでございましたか！」

与吉が目を丸くした。

確かにいくら文太の大工仕事がうまく行っているとはいえ、二階建ての裏長屋というのは、所帯を持ったばかりの夫婦には贅沢(ぜいたく)すぎるものだ。この家を建てた本人がどうしてもという思い入れがあってのことと聞けば、わからなくもない。

「それでしたら最初に言っていただければよろしいものを」

「お二人に気を使ったんでしょうね。この家を建てた本人の前で、ここが悪いあそこを直そうなんて言いづらいでしょうから」

きっとそれは市も同じだったのだろう。

亭主の仕事に対して、この部屋のここが使いにくいからこんなふうに直して欲しい、なんて職人相手のように相談しづらいのはよくわかる。

「これが二階よ。こっちはがらんどうでしょう？」

確かに二階の部屋にはほとんど何もない。薄い掻巻が二枚、隅に置いてあるだけだ。

「ご案内いただきありがとうございます。見たところ、のんびり過ごすお部屋と、奥さまが家事炊事をなさる場が離れているというのは少々面倒ですな。もう少し一階を暮らしやすくする必要があります。身重の奥さまがお昼寝くらいはできるように」

与吉が真面目な顔で頷いた。

「お峰、他に気付いたところはあるか？」

低い声で訊く。

「は、はい。そうですね。階段はとてもしっかりした造りで踏み外しのないようにこしらえてありました。ですが、急な段差を上るのは、お市さんの身体にとって辛いことには変わりありません」

「なら、階段を造り替えるか？」

与吉がにやりと笑う。

「まさか！　そんなことをしたら、どれほど大きな普請になるかわかりません。階段の作事では、文太さんの腕には敵いませんよ」

「ならどうする？」

「壁に頑丈な手すりを付けます。それだけでずいぶん変わるはずです」

与吉が頷いた。

「これからおっかさんになったら、朝から晩まで幾度も階段を上り下りしなくちゃいけなくなりますからね。それに子供が小さいうちは二階を使うってわけにはいきません。そうなると、一階の普請はより一層、気を付けなくちゃなりませんな。ちょいともう一度下を見せていただきましょう」

与吉が身軽に階段を駆け下りた。

二階の部屋には、市と峰が取り残された。

「お市さん、私と与吉さんとで、この部屋で一日中心地良く暮らしていただけるようにしますよ。ご安心ください」

峰は心を込めて言った。

市の強張った顔に気付いていた。どうか気を楽にして欲しい。この家で気持ちよく過ごして欲しい、と思う。

「あなた、お峰さんっていったわね？　男の真似事をするのはどんなお気持ち？」

「えっ……」

冷や水を浴びせられかけたような気がした。

「あなたには私の気持ちなんてわからないわ」

市は今にも泣き出しそうな顔をする。

「何か失礼がありましたでしょうか？　そうでしたら心よりお詫(わ)びいたします。ただ、私はお市さんにこの家で幸せに過ごしていただきたいんです」

冷汗をかいて頭を下げた峰に、市は冷たい目を向けた。

6

「さあさあ、遠慮せずに。うちの婆さんの料理は絶品だよ。食事の後には、みたらし団子もあるよ。婆さんのみたらし団子は頬(ほ)っぺたが落っこちるぞ。こんなちっぽけなお花でも、七つもぺろりと平らげるんだからな」

酔っぱらって赤い顔をした与吉が、ご機嫌な調子で助左衛門の盃(さかずき)に酒を注いだ。

「みたらし団子、ですか？　本で見たことがあります！　ああ、この魚の煮つけ、じっくり醤油が利いて塩辛い、まさにお江戸の味です！」

助左衛門は箸で一口、盃から一口、と、交互に口に運ぶ。

「お口に合いますかね？」

助左衛門のわかりづらい感想に、芳が気を揉んだ顔をした。

「もちろんですとも！　これほど美味い煮付けは初めてです！」

助左衛門がはっきり「美味い」と言ったので、ようやく皆がほっと胸を撫で下ろす。

それほど喜んでくれるということなら、いかにも甘やかされて育った坊ちゃんらしい行儀の良くない食べ方も急に可愛らしく見えてくる。

「なんだか、もっといろんなものを食べさせてあげたくなるわね。お江戸らしいものって何かしら？　寿司？　天ぷら？　さすがにうちで作って出してあげるわけにはいかないものばかりね」

綾が首を捻る。

「お寿司！　天ぷら！」

花が今にもよだれが出そうな顔をする。

「お花には関係ないのよ。お客さんのお話。せっかくだからお江戸をたくさん楽しんでいただかなくちゃ」

　くすっと笑って花の頭を撫でた。

「杢兵衛さんの《ごくらくや》なんてどうだ？　虎の置物と派手な部屋が面白いんじゃないか？　ああ、でもあそこは上方から来た店だったな」

「虎の置物ですって？　派手な部屋？　面白そうですね！　上方から来た店でも何でも、私にとってはれっきとしたお江戸の思い出です。お代は私が持ちますのでお気になさらず、ぜひともご一緒していただけましたらと……」

　助左衛門はずいぶんとくつろいだ様子で目を輝かせている。

　この、お代は私が持ちますので、というのは助左衛門の口癖のようだ。

「いや、そんなわけにはいかねえさ。それじゃあこうしよう。あんたがこっちで役目を見事に終えて関宿に戻るときには、《ごくらくや》で宴を開こうじゃねえか」

「関宿に戻るとき……ですか」

　助左衛門が急に夢から醒めたような白けた顔をした。

「え、ええ。それではその日を楽しみにお待ちしています」

　気を取り直すようにぐいっと盃を空けた。

「今日は、どこまで行かれたんです？　浅草寺はいかがでしたか？　人が多かったでしょう？」

　芳がさりげなく飲み過ぎを窘めるように、助左衛門に茶を差し出した。

「いや、今日は俺たちに急な仕事が入っちまってね。見物ってほどの場にはどこにも行けなかったんだ。悪かったねえ」

　与吉が助左衛門に片手で拝む真似をした。

「いえいえ、とんでもありません。とても、とても、心躍る経験でした。私の眼からすると、お江戸の暮らしは何から何まで珍しいものばかりです」

「どんなところが珍しいんですか？　ぜひ聞かせてくださいな」

　花を膝に乗せた綾が、身を乗り出した。

「まずは女の人の多さです。裏長屋はどこもかしこも女の人だらけ。これほど華やかなところは見たことがありません」

「へえっ？　女が多いですって？　そんな、まさか」

　綾が素っ頓狂な声を出した。

　里から出稼ぎにやってくる職人が多い江戸では、常に男が有り余っているはずだ。

「昼間の裏長屋をご覧になったら、そりゃ、そう思われますよ。お江戸の女は二六時中家の仕事をしていますからね」

芳が笑った。

「家の仕事、ですか。私の里では昼には皆が畑仕事に出ますので、家にいるのは小さな子供と年寄りくらいです」

助左衛門は、芳の言葉の意味がいまいちよくわからないという顔をした。

「力仕事の出職の家では、畑仕事と違って女が手伝えることはありませんでしょう？　だから職人の家では男が表で仕事をして、女が家の中を守る、って決まっているんですよ」

「へえ、それは面白いですね。男と女、別々の仕事をしながら二人で暮らしているんですね。ですが、そうやってきっちり分けてしまいますと、どちらかが急に働けなくなったり、急に亡くなりでもしたら、お互いずいぶん困ってしまいますねえ」

不思議そうな顔をする。

「なんだかそう言われると、お江戸の夫婦ってかなり危なっかしいものだったのね。私たちにとっては当たり前の形だったから、気にしたこともなかったけれど」

綾がなるほど、という顔をした。

「でもおかあちゃんは、一所懸命裁縫仕事をして、お花のおかあちゃんをして、ひとりでお父ちゃんとおかあちゃんをやってくれているよね？」

花が綾に身を寄せて甘えた声で言った。

助左衛門が、綾が独り身であることにはっと気付いた顔をする。

「男だって女だって、やろうと思えば何でもできるのよ。親のところに厄介になっている身で格好つけられる話じゃないけれどね」

綾が花に応じる口調で言いながら、恐縮している助左衛門に向かって、気にしないで、と首を横に振ってみせた。

「そういえばお峰ちゃん、普請のお客さんはどんな人たちなの？」

「五助の大工仲間の文太さんの家なんだ。文太さんが建てた二階建ての長屋を、身重のお内儀さんにも暮らしやすく整える、って仕事だよ」

「あら、身重の身体で二階建ての部屋は辛いわね」

綾は顔を顰めた。

「階段には手すりを付けようと思っているよ。それと、さっき与吉さんと相談して、一階の隅に物入を作って〝片付けやすい部屋〟にしよう、って話になったんだ。広い物入に何でもかんでもぽいっとしまっておけるようにすれば、とりあえず外側はすっきり片付くんじゃないかな、と思ってね」

「物入、いいわね！　この部屋にも欲しいくらいよ！　部屋の中ってのは女の城よ。

綺麗に片付いていると心まで清々しい気持ちになるもの。片付けやすい部屋、ってとってもいい考えだと思うわ」

綾が歓声を上げた。

「そう言ってもらえると嬉しいよ」

お市さんもそんなふうに喜んでくれればいいのだけれど……。

峰は気弱な言葉が続きそうになるのをどうにかこうにか呑み込んだ。

7

芳が土間の水を張った桶に、夕飯で使ったたくさんの皿を浸している。

「よいしょっと。おっと、いけない」

腰の痛いところをかばったせいか、身体がよろける。

押さえていた着物の袖が水に落ちた。みるみるうちに袖の色が変わっていく。

「お芳さん、代わりますよ」

綾と花と一緒に部屋を片付けて寝る支度をしていた峰は、慌てて土間に駆け下りた。

与吉は助左衛門を浜町の宿屋に送りに出たので、女ばかりの夕暮れどきだ。

「済まないねえ。この時季になると、せっかく暖かくなるってのに決まって節々が痛くてねえ。どこかぼんやりしちまうよ」

芳が濡れてしまった袖を絞る。

「おっかさん、季節の変わり目は無理をしちゃ駄目よ。私もこの時季は目が痒くて仕方ないわ。家のことはうまく手を抜いて、できる限り身体を休めなくちゃ。お皿を洗うのだって、わざわざ毎度そんな手間をかけなくても、濡らした紙で拭っておくだけでいいのよ。いくら手を抜いても、どうせおとっつぁんにはわかりゃしないわ」

綾がぺろりと舌を出す。

「私は古い女だからねえ。そういうわけにもいかないんだよ」

「もう、それでおっかさんが身体を壊したらたいへんよ。女房ってのは、女中じゃないのよ。銭も貰えず誰にも褒めて貰えない代わりに、己が好きなように好きな分だけ働けばいいんだ、って思ってなくちゃ駄目よ」

二人のやり取りに、花が賢そうな顔でこくりこくりと頷いた。

「今の人はそんなもんかねえ」

芳はへえ、と目を丸くしている。

「さあ、洗い終わりましたよ。手拭いはありますか？」

「ああ、お峰、ありがとうね。助かるよ。あんたに頼むと何でもあっという間だ」

芳から受け取った手拭いで皿を拭きながら、峰はぼんやりと天井を見上げた。

昼間の文太と市の部屋の光景が胸に蘇る。

「お峰ちゃん、口元がへの字になっているわよ。何か難しいことがあった？」

綾が面白そうに含み笑いをした。

「ごめんね。ちょっと、今日のお市さんのことを思い出していたんだ」

「二階建ての長屋に暮らす、身重のお内儀さんね」

「うん、私、どうやらその人に嫌われちまったようだよ」

「嫌われる、だって？　お峰の勘違いじゃないのかい？　職人を家に入れるのは気が張るものだからね。お内儀さんが気弱な人だったら、顔が強張って怒っているように見えるだけ、ってこともあるよ」

芳が怪訝そうな顔をする。

「勘違いだったら良いのですが。お市さんに、『男の真似事をするのはどんな気持ち？』なんて聞かれてしまいました。『あなたには私の気持ちはわからない』とも」

「ええっ！　その人、いったいどうしてそんなに喧嘩腰なの！」

綾が目を剥(む)いた。

「……穏やかじゃないね」

芳が真面目な顔をした。

「お市さんは、女大工が普請をする、と聞いた時点であまり良い顔はなさっていませんでした」

「まあ！　やはり女の敵は女、ね！　きっとそのお市さん、お峰ちゃんが女だと思って見くびっているのよ！」

綾が鼻息荒く拳(こぶし)を握った。

「お綾！　お花の前で馬鹿なことを言うもんじゃないよ。いったいどこの下らない読み物の受け売りだい？」

芳が厳しく諫(いさ)めた。

その顔つきのまま峰に向き合う。

「そのお内儀さんは、お峰のことを『男の真似事』なんて言ったんだね？　お前に心当たりはあるのかい？」

ゆっくり諭すように訊(き)く。

「お峰ちゃんは確かに職人らしい藍色半纏(あいいろばんてん)を着ているけれど、それはただの仕事着よね。男装をしているわけでもないし、喋り方だってお客さんを相手に男言葉で怒鳴りつけるわけでもないし、『男の真似事』なんて失礼しちゃうわ」

「お綾、私はお峰に訊いているんだよ」

綾がはっと口を閉じた。

「……わかりません。わざと男らしい振る舞いをしたつもりはないのですが、どこか粗暴なところがあったのかもしれません」

峰は眉を八の字に下げた。

「私が思うに、お市さんが言っているのはあんたの見た目や振る舞いの話じゃない気がするよ。人が急に〝男〟だ〝女〟だってところに妙にこだわるとき、ってのは、相手じゃなくて己のほうの想いのせいだったりするのさ」

芳の言葉に、数多くの作事の現場の光景が蘇る。

女の峰が現れて驚かれることはこれまでに幾度もあった。作事の準備をしているときに、客がちらちらと不安げな顔で様子を見に来たりするのはしょっちゅうだ。

だがひとたび峰が身体を動かし始めると、皆の関心はあっという間に建物の出来に移る。男だ女だということなんて面白いほどすっかり忘れ去ってくれる。

だが市については、そう簡単にはいかないような気がして悩んでいるのだ。

「それじゃあ……」

「あんたと関わることで、お市さんは己が〝女〟だと、それもあまり心地良くはないものを思い知らされてしまったんじゃないかい？」

「己が〝女〟だと……」

峰は眉間に皺を寄せて繰り返した。

「確かに小さい頃、『女のくせに』って言われるとすごくすごくむかっ腹が立ったわよね」

綾が峰に目配せをした。

「うん、確かにそうだね。得意げにそういう捻くれたことを言ってくる男はたくさんいたね」

峰は頷く。

「でもね。私、もっと嫌だったのは、おっかさんにそう言われたことよ」

綾がどこか強い目をしてちらりと芳を見た。

「『女のくせにだらしがない』とか、『こんなんじゃ嫁の貰い手がなくなる』とか、同じ女であるおっかさんに言われると、とても悲しかった。そこいらの嫌な男に言われるよりもずっと、ずっと」

「ええっ、そうだったのかい、ちっとも知らなかったよ。悪かったねえ」

芳はきょとんとしている。

「いいのよ、すごくすごく昔のこと。おっかさん、意地悪言ってごめんね」

綾はすぐに笑顔を浮かべた。

8

次の日、与吉と助左衛門は、連れ立って浅草寺のお参りと奥山見物へ出かけた。

芳から二人のお目付け役に命じられた花が一緒だ。

花は与吉の仕事相手が一緒のときのように緊張する様子もなく、かといって門作と一緒のときのように優しいお兄さんに遊んでもらおうと燥いでいるわけでもなく、至って普段どおりの調子で「助左衛門さん、今日のお空はきれいね」なんて言っている。

「浅草寺奥山の大道芸。本で読んでいつかは行ってみたいものだと思っておりました。お江戸の方々はあんな華やかなものを毎日のように観に出かけているんですね。何とも羨ましい限りです」

助左衛門のほうは、子供の花が一緒でも、己がいちばん子供のように燥いでいる。

「いやいや、そんな遊び呆けている暇があるかい。普段は男も女も己の仕事で飛び回っているさ。今日はあんたが来たから特別だよ」

与吉が苦笑した。

「どうもすみません。ご案内いただけてとても助かります」

助左衛門が屈託ない様子で頭を掻く。

「おじいちゃん、朝顔市のところにも連れて行ってあげなくちゃだめよ」

花が声を掛けると、与吉は「鬼子母神さまだろう？　ああ、もちろんわかっているさ」と胸を張った。

「朝顔市！　ええ、ぜひぜひお願いいたします！」

「助左衛門さん、よかったわね」

まるで四つの花が姉さん分のように見えるやり取りに、助左衛門の浮かれぶりがよくわかる。

見るものすべてが面白く楽しいのは少しも悪いことではない。だが、この助左衛門は、大金が入った巾着袋を初めて会った人たちの前で落とすような粗忽者だ。

悪い奴に目を付けられるような羽目にならなければいいが、と少々案じながら、峰は市と文太の長屋の普請の仕事へ向かった。

「失礼いたします。普請に参りました」

長屋の入口で声を掛けると、しばらく間があってから不機嫌そうな顔をした市が戸を開けた。

峰の声を聞いて慌てて飛んできたのだろう。微かに息が上がっている。

「二階にいらっしゃいましたか？　お休みのところ申し訳ありません」

「怠けていたって言いたいの？」

間髪を容れずに険しい声で聞き返されて、峰は大きく首を横に振った。

「まさか。大事なお身体です。私がここにいる間は何でもお手伝いしますから、気軽に用事を言いつけてくださいな」

わけもわからず敵意をぶつけられると、ぎょっとして身が強張る。

だがすぐに大きく息を吸って吐く。己の仕事の手順だけを考えた。

峰は道具箱を床に置いて間縄を取り出した。間縄とは目盛りの代わりに同じ幅ごとに結び目を作った縄だ。寸法を測るために使う。

「それでは、まずは一階の物入の幅を考えましょうか。あまり広く取っても部屋が狭くなりますし、かといって幅が狭すぎると奥の物を取り出しにくくなります。お市さんがこのくらいにして欲しいというのがありましたら、もちろんそれに合わせて考えますが……」

「私にはわからないわ。どうでもいいから好きにやってちょうだい。あなたにすべて任せるわ」

市が拗ねたように顔を背ける。

「そんな投げやりなことを仰らないでください。とても大事なことですよ。この部屋で暮らすのはお市さんなんですから……」

言いかけてから峰ははっと息を呑んだ。

脳裏にひょろりと長身で浅黒い肌をした文太の姿が浮かぶ。

「失礼いたしました。この部屋で暮らすのは、お市さんと文太さんですね」

「え？　ええ、そうね」

市が、そんなの当たり前よ、とでもいうように不思議そうな顔をした。

「お市さん、もしよかったら、あなたのことを、そして文太さんのことを教えていただけますか？」

峰は市に向き合った。

「私のこと？　それにあの人のことまで？　どうして？」

「この家に暮らすのがどんな人たちなのか、知っておきたいんです。それがわかっていれば、今みたいに私に任せる、と言っていただいたときに、より心地良い暮らしができるように考えることができます」

市はしばらく口元を尖らせていたが、ふいに小さく息を吐いた。

「私のことはつまらないわよ。田舎から奉公に出てきて、小網町の海苔問屋で五年働いたわ。お遣いに出た先でここの作事をしていたあの人に会って、所帯を持ったって話はもうしたわよね」

「お市さんが生まれ育ったのはどんなところですか？」

峰は頷いて先を促した。

「子だくさんで貧乏な百姓の家よ。うちでは女の子は食い扶持減らしのために、十になったら奉公に出ると決まっていたの」

「そんなにたくさんのご兄弟がいらしたんですか？」

「ええ、それはもう。たしか私を入れて女が六人に男が三人。九人兄弟だったはずね」

「たしか、ですか」

素っ頓狂な言葉に思わず峰が笑みを漏らすと、市も釣られたように頬を緩めた。

「ほんとうにわからなくなるのよ。毎年のように妹弟が増えるんだから。里を出たときまだ赤ん坊だった下の二人の名は、今でもよく言い間違えるわ」

市にとって里の思い出は嫌なものではないのだろう。

ずいぶんと気が解れたように喋る。

「文太さんのお里はどちらですか？」

市の機嫌がいい今のうちに、と峰は話を文太に移した。

「あの人は生まれたときからお江戸よ。畳町の大工職人の家で生まれて、亡くなった父親に幼い頃から大工仕事を仕込まれていたって聞いたわ」

「お江戸の方でしたか」

「両親ともに早くに亡くなったから、所帯を持つのが夢だったって聞いたわ。ご両親は里から出てきた人だったから、お江戸には身寄りがなくて寂しかったみたい」

市が出会った頃を思い出すように懐かし気な目をした。

「お市さんに出会えて、文太さんはよかったですね」

和らいだ雰囲気に、峰はにっこり笑みを浮かべた。

「確かにあの人は寂しくなくなったわね。一日働いて、家に帰ると夕飯を用意して待ってくれる女房がいるんですもの。寂しさを感じる暇なんてどこにもないわ」

急に口調が不穏になってきた。

「でも、私のほうは……」

「お市さんは、ずっと家で文太さんを待っていらっしゃるんですよね」

市の目が見開かれた。

「だからお市さんが寂しそうだ、とか気の毒だ、とか言っているわけではありません。でもお市さんが、一日中、この長屋でひとりきりで過ごしているのは確かです」

「これから赤ん坊が生まれるわ。そうすればきっとひとりきりなんて甘ったれたことを言っていられなくなるわ。ご近所づきあいだってもっと忙しくなるだろうし、ずっとあの人を待っているなんて、そんなこと……」

市はまるで言い訳をしているかのようだ。

頰が赤くなり息が上がっている。

「わかりました。お市さん、お話しいただきありがとうございます」

「これでよかったのかしら？　普請のこと、っていうからには、もっと毎日の暮らしの手順や習慣を聞かれるのかと思っていたけれど」

市が首を傾げた。

「もちろんそれもこれから伺っていきたいと思います。よろしければ、私がこの家の寸法を測っている間、お話相手になっていただけませんか？　私と一緒に、ああでもないこうでもないと相談しながら、進めていきませんか？」

峰は間縄を手に家の中をぐるりと見回した。

## 9

春のぼんやりした空と生暖かい風が、急に初夏の青空と清水のように爽やかな風に変わった日だ。

「よろしいですか？　それでは新しいお部屋をご案内いたします」

仮の住まいから風呂敷包みを抱えて戻った市と文太を前に、峰は深々と頭を下げた。

「今日は、与吉さんはいないのかい？」

文太が不思議そうな顔をした。

「うちでは金勘定のことはすべて与吉さんに任せています。ですが、普請の現場は終わりまで私の責任です。文太さんのところでも、采配屋というのはそういうものではないですか？」

「い、いや。確かにそうだな。采配屋には鑿は持てねえさ。そうだけれど……」

文太が覚えずして、男の与吉がいなくてはすべて回らないという気持ちになっていたのが手に取るようにわかる。客のこの反応は峰には慣れっこだ。

「文太さんの作った階段を見せていただきました。素晴らしい出来栄えです。私の普請で至らないところがありましたらぜひ教えてください」

すべての普請で、失敗なくいちばん良い形に整えなくてはいけないのは当たり前だ。

だがこの家を建てた本人が住人となると相当気が張った。相手が大工ならば作事の一つ一つにどんな意図があるのか、すべて見破られてしまうのだから。

峰はこっそり深く息を吸って吐いてから、戸を開けた。

「これが物入ね。すごい、少しも狭苦しく感じないわ」

市が歓声を上げた。

部屋の隅に天井までの壁で物入を作った。

物入は大人一人が立つことができるくらいの広さしかないが、押し入れとは違い戸を付けずに目隠しの暖簾だけを垂らした。

これまで屏風の後ろに置いていた行李の中身はもちろんのこと、急に客が来たときには、暖簾の向こうに部屋のものをぽいと放り込むだけで片付く。

「見た目よりもたくさん物が入りますよ。それに仕切りの壁を左官に頼んで漆喰で白めに塗ったんです。明るい白い色は部屋を広く見せますからね」

「へえ、ものを屏風で隠すってのはよくあるが、あれは俺みたいな長身だとそっくりすべて向こう側が見えちまって、みっともねえもんだからなあ。天井までの壁だったらさすがにすっかり隠れるな」

文太が漆喰の壁に掌を当てて頷いた。

暖簾をどけて物入の中を覗こうとしたところで、

「文太さん、そちらは後でご説明します。まずは階段の手すりを見ていただけますか」

と、峰は声を掛けた。

「へ？　まあいいさ。階段の手すりだな。見せてくれよ！」

自慢の階段にどんな手すりが付いたのか気になるのだろう。

文太が物入のすぐ脇にある階段を見上げた。

「へえ、手すりの木をまっすぐにしないで、敢えて曲がりくねった枝を使ったのか」

「ええ。お市さんにはもちろん、これから生まれてくる子供たちにも摑みやすいようにと考えました。目が悪いお年寄りにはまっすぐな木を使うほうが良いのですが、この家の皆さんは当分はお若いと思いますので」

峰は節が目立つ手すりをそっと撫でた。

「上ってみていただけますか？」

「ああ、いいな。しっかりしている。俺がすっ転びそうになっても支えてもらえそうだ。あれっ？」

笑みが浮かびかけた文太の顔が、ふと怪訝そうなものに変わった。

首を捻るような顔つきのまま、二階まですするすると上る。

すぐに慣れた足取りで階段を駆け下りてきた。

「あなた、手すりを使ってみるために上ったんでしょう？　下りるときも使わなくちゃ使い心地がわからないわ」

市の言葉に、文太は少し真面目な顔をした。

「お峰さんって言ったな。あんたに耳の痛いことを言わなくちゃいけねえ。この手すりは駄目だ。使い物にならねえ」

「何ですって？」

市が悲痛な声を出して文太と峰の顔を交互に見た。

「文太さん、それは私が女だからですよ」

峰は文太をまっすぐ見た。

「い、いや、そんな話じゃねえんだ。確かにあんたの仕事は丁寧さ。男の職人に劣るところは見当たらねえ。けど、俺が言っているのは、あんたが女だからまともに普請なんてできねえだろうなんて、そんな話じゃねえんだ」

「ええもちろん、私も、そんなお話をしているわけじゃありませんよ」

「へっ？」

文太と市が顔を見合わせた。

「文太さん、この手すりがどうして駄目だと思ったのか教えてください」

峰が静かに訊くと、文太は、「お、おう」と頷いた。

「この手すりは危なくて仕方ねえんだ。上るときはまだしも、下るときはこうして屈まなくちゃ摑めねえ。かえって転がっちまうよ」

文太が身を屈めて己の腰のあたりの高さに手を伸ばしてみせた。

「そう、若い大工職人である今の文太さんには、階段の手すりは上りも下りも必要ないんです。しばらくこの家で手すりを使うのは、お市さんと小さな子供たちです」

文太が何かに気付いた顔で、あっ、と呟いた。

「この手すりは、小柄なお市さんの寸法に合わせて作りました」

「……そうだ、そうだったんだな」

文太が呆然(ぼうぜん)としたように呟いた。

「お市さん、階段の上り下りをされてみますか?」

峰が促すと、市は「ええ、やってみたいわ」と手すりに手を伸ばす。

にこりと笑った。

「ぴったりだわ。私の身体にぴったり」

下りるときもしっかり手すりを握って、安心した顔で戻ってきた。

「それでは、一階の物入についてご説明します。文太さん、よろしいでしょうか?」

文太に声を掛けると、文太は我に返ったように「お、おう!」と空元気の声を出した。

「楽しみだわ。なにか仕掛けがあるのね」

市は人が変わったように明るい。

「さあ、物入の中はこうなっています」

「えっ⁇」

中を覗き込んだ市と文太が、声を揃えて目を丸くした。

物入にはこの部屋の物を置くにはじゅうぶんな広さが取ってあった。

市と文太が呆気に取られて見つめているのは、天井すぐ近くの高い位置にあるそこだけ頑丈そうな戸が付いた吊り棚だ。

「あんな高いところに棚を作ってどうするんですか？　私の背丈では、うんと大きな脚立を使ってもまだ届きません」

市が棚に手を伸ばそうとしてみせて、すぐに諦めた顔をした。

「ええ、そうです。この吊り棚は、文太さんでなくては届かない棚なんです。私も梯子に上ってずいぶん苦労して高い位置に作りました」

「俺でなくちゃ届かない棚、だって？　家の仕事をするお市にとってずいぶん不便じゃねえか。いったい何を入れておくっていうんだ？」

「このご時世、すぐに使わないものを溜め込む余裕がある人なんてそうそういません。この家にあるものはきっとほとんどすべて、日々の暮らしの中で使うものです。だから……」

「この吊り棚、気に入ったわ。夕飯の皿や湯呑を置くわ。せっかくこんなしっかりした戸がついているんだから、壊れやすいものを置いても平気よね？」

市が顔を上げた。

「ええ、大八車が地響きを立てて表を走っても、勝手に戸が開くことにはなりませんよ」

峰は力強く頷いた。

「いいわ。あなた、お願いね。毎日帰ったら、ここの吊り棚から食事の支度を出してちょうだい」

吊り棚を指さす市の目に、力が宿った。

「あ、ああ。お前には届かねえってことなら、そうするしかねえな。俺がやるさ。このくらいの高さだったら、俺にはどうってことねえんだ」

文太は少々腑に落ちない顔をしながらも、上機嫌な市に引っ張られるように呑気に笑う。

「ねえちょっと、お峰さん。表に出ない？」

市に囁かれ、手を引っ張られるように外に出た。

「ありがとう！　私の身体にぴったりの手すりに、私には決して届かない高い棚。あなたに頼んでよかったわ」

市は潤んだ目で言った。

「お市さんの身体に合わせた手すりは、きっと喜んでいただけると思っていました。ですが、棚はあれでよかったんでしょうか？」

峰は恐る恐る訊いた。

「ええ、もちろんよ」

市が大きく頷いた。

「ほんの少し、ほんの少しだけでいいの。あの人が家の仕事を手伝ってくれたら。二人で力を合わせて何かをすることができたら、って。私、ずっとそう思っていたの。里で一緒に畑仕事をしていた、おとっつぁんとおっかさんみたいにね」

両親を思い出すように遠くを見つめた。

「男は外の仕事、女は家の仕事、ってきっちり分けるお江戸の暮らしは、やっぱり私にはすごく窮屈だったみたい」

「いずれ子育てが落ち着かれたら、お市さんも大工仕事をしてはいかがですか？」

「えっ？」

市が目を丸くした。

「きっと文太さんの良い助手になりますよ。ご夫婦なんですから。そこいらの職人と弟子よりも、はるかに息がぴったり合うに違いありません」

市はしばらく峰に親し気な目を向けてから、

「そうね、それも楽しそうね」

と、穏やかな顔で言った。

## 10

春のぼんやりした日差しがいつの間にか燦燦と注ぐ初夏の光に変わっている。

こんな心地良い日は朝餉の味噌汁の匂いだけで体じゅうに力が湧く。今日もたくさん働くぞ、と気が引き締まる思いだ。

「このところ助左衛門はとんと顔を見せねえなあ。いったい何をしているんだか。ちょっくら宿屋に顔を出して様子を伺ってみようかね」

与吉が渋い顔をして、湯呑の茶をずずっと啜った。

「若い人は、行ってみたいところもたくさんあるでしょうからねぇ」

芳が少々気を揉む顔をする。

「年寄りの案内はいらない、って話かい。なんだい薄情な奴だな。だいたい、俺は金持ちの息子ってのは、揃いも揃ってみんな気に喰わねえんだ。あんな苦労知らずの青二才がお江戸の土地を買いたい、だって？　生意気な。悪い奴に目を付けられたら、あっという間に騙されて身ぐるみ剝がされちまうぞ」

「そうならないようにしてあげるのがおとっつぁんの役目でしょう。それに、別に助左衛門さんが『年寄りの案内なんていらない』なんて言ったわけじゃないでしょう？」

綾がくすくす笑う。

「でも、あの助左衛門さんがすごく危なっかしいのは確かね。うまく行くといいけれど。いったい何をしているのか、って気になるのは私もよ」

「助左衛門さんはとっても忙しいのよ。この間もらった朝顔を一所懸命に育てているのよ」

急に花が言った。

先日、鬼子母神にお参りをした際、与吉がここで何とも華やかな朝顔市が開かれることを滔々と説明していたところ、偶然通りかかった職人にまだ蕾の小さな鉢をもらったのだ。

売り物を持ち帰らせてくれるなんて、助左衛門はよほど楽しそうに聞き入っていたのだろう。

「へえ、助左衛門さんはそんなに花が好きなんだね」

峰が相槌を打つと、花が駆け寄ってきて膝に座った。

「うん、お花って名も『何て良い名でしょう！』ってたくさんほめてくれたのよ」

「それじゃあ、次に来たら楽市の植木屋に連れて行ってやるかね。あいつはどんな花でも大輪に変えちまうって、腕の良い職人なんだよ。きっと腰を抜かせて驚くぞ」

与吉が楽し気に言った。

ふいに表で声が聞こえた。

「おうい、与吉さん！　それにお峰！　朝早くから悪いな！」

五助の大声だ。

「何だい、何だい？　朝っぱらから騒々しい奴らだねえ」

与吉が嬉しそうに戸を開けると、ぱりっとした職人姿の五助と文太が立っていた。

「ちょうどすぐ近くで作事があってね。ついでに寄らせてもらったんだ。この間は世話になったね。文太も大喜びだ。なあ？」

五助に背をぶつけられて、文太が「ああ、二人ともありがとう。お陰さまで市は毎日上機嫌さ」と、はにかんだ。

「犬みてえに噛みつかれることももうなさそうだ」

すっかり目立たなくなっている腕の傷跡を見せて笑った。

「わざわざ礼を言いに来てくれたってのかい？　それはそれは、ご丁寧に嬉しいねえ」

与吉が目を丸くした。

普請の仕事が終われば、与吉にとって文太は職人仲間のひとりだ。気安い口ぶりに、与吉が文太の腕をずいぶん気に入ったとわかる。

「ちょうど近いうちに、お前たちに作事を頼もうと思っていたんだよ。夏は動けるかい？　無理なら、いつ頃なら身体が空くかねえ？」

腕の良い職人に出会ったときの与吉の決まり文句だ。

「いつでも声を掛けてくれよ」

文太も笑顔で応じる。

「おっと、与吉さん、この文太、このところ急にまたぐんと腕を上げたんだぜ」

「へえ、どんな技を身に着けたんだい？」

「階段さ」

五助の言葉に与吉は不思議そうな顔をした。

「階段？　あんたなら、とっくに立派な階段を作れるだろう？」

「文太の作る階段はすげえぞ。二階をどんなふうに使うつもりかを聞いて、男客が歩き回るようなら急で段の大きなものに。女主人や女中たちが駆け回るなら緩やかで段が低いものに、と、自在に作り分けることができるのさ」

「そりゃ、いい！　便利だね！　思い付かなかったよ。俺なんかは、階段ってのは一段ずつがきちんと同じ高さになっていなくちゃって、それぱかり考えていたよ」

与吉が手を叩(たた)いた。

「ただ見栄えがいいだけじゃいけねえんだ、造りが良いだけじゃいけねえんだ、って、気付かせてもらったのさ」

文太が峰に笑いかけた。

「家ってのは、造りの良さをうっとり眺めて楽しむもんなんかじゃねえ。人が暮らすもんなんだよな」

峰はふっと息を抜いて微笑んだ。

胸に温かいものが広がる。

「お市さんに、どうぞよろしくお伝えください」

「ああ、お市もあんたによろしくと言っていたぜ。作事の合間にいつでも家に遊びに来てくれってさ」

五助と文太が帰って行くと、綾が「お峰ちゃん、偉いわね」と誇らしげに頷(うなず)いた。

「お市さんが心を開いてくれたおかげだよ。ほんとうに偶然うまくいったのさ」

峰は照れ臭い心持ちで嘯(うそぶ)いた。

「よし、お峰、そろそろ出るぞ。箱崎町(はこざきちょう)のお屋敷の雨漏りの修繕だ。梅雨が始まる前に、すっかり終わらせちまわねえとな」

　与吉が席を立つと、芳が素早く茶碗を片付ける。

「おじいちゃん、お峰ちゃん、いってらっしゃい」

　花が手を振った。

「おう、お前たち、家のことは頼んだぞ。今日は、俺は四つ角の留造じいさんと久しぶりに遅くなるからな」

　盃をくいっと空ける真似をした与吉に、芳と綾は顔を見合わせた。

「ええ、もちろん！」

　目配せをして含み笑いを浮かべる。

「お峰ちゃん、今日は急いで帰ってきてね。実は昨日訪ねてきたお客さんに加賀屋のお饅頭をもらったのよ。皆で食べるには、残念ながら数が足りないのよねえ」

　綾に耳打ちされて、峰は「ええっ！」と目を輝かせた。

「どこに隠してあるかは、内緒、内緒。隠し場所は、おとっつぁんにはぜったいにわからないわ」

　綾はにんまり笑うと、部屋の中をぐるりと見回してみせた。

# 第二章　兎の家族

## 1

今年もお江戸に梅雨の時季がやってきた。

一たび雨に降られてしまうと、外で行う大がかりな大工仕事は難しい。

普段は己の手ひとつで柱から屋根まで丸々ひとつの家を建ててしまう大工たちも、この時季は峰のように部屋の中に手を入れる普請の仕事に回ることが多い。

普段は仕事がぎっしり詰まっているはずの腕の良い大工が暇を持て余していることが多いので、普請の手配をする与吉にとってはここぞとばかりの稼ぎ時だ。

「おう、お峰、ちょっくら寄り道していくか？　面白いもんを見せてやるぜ」

近所の小さな普請の仕事を手伝ってもらった帰り道、五助に誘われた。

「面白いもん？　もしかして五助さんの仕事を見せてくれるのかい？」

「ああその通りさ。ちっとも色気がねえ誘いで悪いな」

五助が苦笑した。

「何より嬉しいね！　ぜひ見せておくれよ！」

お江戸広しといえども、五助ほど腕の良い大工はそうそういない。

ただ仕事が丁寧で、端の始末に抜かりのない大工ならば他にいくらでもいる。客の図面どおりのものを寸分たがわず作ってくれる大工だって、探せばどこかにいるに違いない。

五助の仕事が何より面白いところは、すべての建物に同じ大工職人にしかわからないようなほんの僅(わず)かな仕掛けが仕込んであるところだ。

例えば、框(かまち)に使う木材の木目は足袋がささくれに引っ掛からないように縦に走っている。障子や襖(ふすま)の枠は夏場に木材が膨らむことを考慮して微(かす)かに大きめに作られている。

与吉のところで普請の仕事を始めたばかりの頃は、ただただ丁寧なつくりの美しい建物だとしかわからなかった。だが最近は、五助の手がけた建物を見ると工夫の数々がそこだけ光るようにわかる。

腕の良い大工が己でもさほど気を留めないままに試行錯誤した結果を見ることができる機会は、峰にとって学びになるなんてものではない。

この灰色の空としとしと降り注ぐ重苦しい雨に礼を言わなくては。

峰はところどころ雨漏りする傘を握って、足取り軽く進んだ。

辿り着いたのは白金と呼ばれる、お江戸の真ん中から少々離れた寂しい場所だ。

「白金ってのはなんにもねえところだろ？　見渡す限りこんな様子だ。せっかくお江戸に出てきたってのに、わざわざこんな寂れたところに住みたがる奴なんてどこにもいねえさ」

五助が可笑しそうに周囲を見回した。

目黒、白金と言われるこのあたりは、目黒不動とその門前の街並みだけは賑わっている。だがそこを除くと、目黒川に沿って広大な田畑が広がっているだけの場所だ。

武家屋敷も大きなものはなく、日本橋界隈と比べるとずいぶんと田舎の風情がある。

「確かに何にもないね。五助さんがこんなところに新しい家を建てたのかい？」

峰は首を捻った。

「何もない、ってそう思うだろう？　だからこそ、そこに目を付けた奴がいるのさ。その手配師は仲三っていってな。この白金にたくさんの洒落た家を建てて、いつの日かお江戸じゅうの皆がここに住みてえと憧れるような場所にしてみせるってのさ」

五助がにやりと笑った。

「白金を皆が憧れるようなところにするってことかい？　ずいぶんと突拍子もない夢だね」

峰は牛馬の糞の臭いの漂う原っぱを見回した。

「夢ってのはでかく持たなくちゃいけねえさ。俺はそういう大それた話は嫌いじゃねえぜ」

「つまり、五助さんが、これからここにたくさんの家を建てることになったって話なんだね」

「ああ、そうだ。この田畑一帯に長屋を建ててくれって話さ。それもただの長屋じゃねえぞ。ここ白金にしかない長屋だ。まずは一月前に手配師に言われたとおりに一棟だけ建ててみたんだ。お峰がどう思うか聞かせてくれよ」

「そんな大事なこと、私でいいのかい？」

「ああ、もちろんだ。お前は職人のくせに女の目を持っていやがるからな。羨ましいもんだぜ」

五助の口からさらりと零れた言葉に、峰の胸がほっと緩む。

女のくせに職人なんて、とは言われ慣れてきた。だが、職人のくせに女の目とは。

言葉が逆になるだけで意味はまったく違う。

「まさか羨ましいなんて言われるとは、思ってもいなかったね」

ただ本心を零しただけの様子の五助は、口元を綻(ほころ)ばせている峰を不思議そうに眺めている。

「さあ、あそこだ」

五助が指さしたのは大きな木に寄り添うように建った、一棟の真新しい長屋だ。派手なつくりはどこにもない。よくある木材を使った長屋らしい長屋だ。だがさすが五助が手掛けただけあって、遠くから見てもどこか柱がまっすぐに通った凜(りん)とした佇(たたず)まいが漂う。

「わあ、ここかい。新しい建物ってのは、気持ちいいねえ」

いろんな人が出入りして年季の入った長屋も味があって悪くはない。だが新しい家の持つ清々(すがすが)しい雰囲気は格別だ。

壁も戸口も少しも汚れていなくて新しい木の匂いが残る長屋を見上げると、胸がすっとした。

こんな素敵な長屋がこのあたり一帯に建つならば、白金も悪くない。むしろどこもかしこも輝くばかりに真新しい街並みを好んでここで暮らしたいという人は、これからいくらでも現れるような気がした。

「あれっ？　でもこの長屋、ちょっと変わった造りだね」

「なんだ、やっと気付いたか。俺の仕事に見惚れていたってのはわかるけれどな」

五助が長屋の壁に掌を当てた。

「この長屋は、すべて戸口がてんでばらばらのところにあるのさ」

五助が肩を竦めた。

本来、長屋の戸口というのは向かい合う二棟が揃って路地に面している。路地には皆が使う厠や井戸やお稲荷様があり、そこがそっくりそのまま長屋の生活の場となっているからだ。

だがこの長屋は、この部屋の戸口が表についているかと思えば隣の部屋の戸口は裏に、さらに角部屋の戸口は横に、と、戸口の場所があちこちを向いている。

当然、路地らしきものはどこにも見当たらない。

ただ細長い建物が一棟建っているだけ、という姿だ。

「へえ、こんな長屋、初めて見たよ。いったいどうしてこんなことになったんだい？」

怪訝な心持ちで見回すと、少し離れたところにぽつんと厠らしき小屋がある。これだけ離れていれば、厠に特有の臭いは少しも流れてこない。

近くには小川が流れているので、井戸の代わりにそこで水を取り洗濯をするのだろう。広い土地が有り余っている場所ならではのやり方だ。

「この長屋の住人は、それぞれの暮らしを守りたいって話さ」

「暮らしを守る……っていうのは、己の暮らしぶりを近所の人に知られたくないって話かい？」

そんな長屋を作ったら、泥棒やお尋ね者など訳ありの者ばかりが集まってくるのではないだろうか。

眉を顰めた峰に、五助は首を振って笑った。

「言っただろう？　手配師の仲三はこの白金を、お江戸じゅうの皆がここに住みたがるようなところにしてみせるつもりだ、ってな。お尋ね者の隠れ家を作るつもりは少しもねえさ。長屋に入れる店子はきちんと金が払えそうか礼儀がなっているか、厳しく選んだらしいぜ」

「それじゃあ、ここにはどんな人が住んでいるんだい？」

「このお江戸の暑っ苦しいご近所づきあいに辟易している奴ら、ってところかね」

五助が声を潜めた。

「この長屋は、とんでもねえ大人気さ。建てたそばからあっという間に店子が決まっちまった。順番待ちが相当いて、どんどん新しい長屋を早く建ててくれ、ってせっつかれているところなんだ」

「へえ、己の暮らしをあけっぴろげにしたくない人、ってのは、実はそんなにたくさんいるんだね」

峰の生家の柏木家、日比谷の屋敷での暮らしを思い出す。

父の代から始まったばかりとはいえ、一応お武家のお姫さまという身だった峰は、屋敷の離れで八畳ほどの己の部屋を持たされて暮らしていた。

家族も、女中たちも、峰の部屋に入る前には必ず襖の前で声を掛ける。

周囲から守られた己だけの空間だ。

身体を動かし手を動かすことが天職だと思っている峰にとっては、今の、与吉のところで皆で身を寄せ合って眠る暮らしのほうがずっと合っている。

少し悩むことがあればすぐに誰かに相談することができて、常にお喋りで忙しい今の暮らしは心地良い。

だがそれはあくまでも峰の気質がそうだったというだけだ。

弟の門作のようにひとりで漢詩に没頭することが何より好きな気質なら、この白金の長屋のような部屋は持ってこいだろう。

「けど、新しい試みってのは、そうこっちの目論見どおりに行くもんでもねえからな。そのときはまたお峰に普請を頼むぜ」

「もちろんだよ。任せておくれ」

胸を張って頷いたところで、あれっ？　と首を傾げた。

「あそこにいるのは助左衛門さんじゃないかい？　おうい！」

畑の間の畦道を、場違いに着飾った男とその商売相手らしい小柄な男が、何やら紙を覗き込みつつ歩いていた。

着飾ったほうが顔を上げる。

「わっ！　お峰さんですか！　ええっと、このところご無沙汰しておりまして申し訳ありません」

助左衛門がいかにも決まり悪そうに作り笑いを浮かべて駆け寄って来た。

ほんの十日ほど顔を見なかっただけで、小袖から根付から最新の流行に身を包んでずいぶんと垢抜けた。むしろやりすぎて田舎臭く見えるほどの派手ないで立ちだ。

「あの男、手配師か？　田舎者で世間知らずの金持ち息子に、塵みてえな土地を売りつけるつもりなんじゃねえか？」

五助が助左衛門の連れの男に目を向けて、縁起でもないことを耳打ちする。

「ええっ？」

連れの男は己の話をされていると気付いたのか、ふと顔をこちらに向けた。

と、男はいかにも人の良さそうな満面の笑みを浮かべて、ぺこりと頭を下げた。

「悪い人じゃなさそうだよ」

峰と五助も、慌てて笑顔を取り繕って頭を下げる。

「このところ助左衛門さんが顔を出してくれないから、与吉さんが心配していたよ。良かったら夕飯時にでも、与吉さんに顔を見せてやっておくれよ」

にこにこ笑ってこちらを見ている連れの男の目を気にしつつ、助左衛門に耳打ちする。

「えっ、夕飯時？　それはちょっと用事がありまして……」

助左衛門が背後の男の顔を振り返る。

「ええっと、では明日だったら、そちらへ伺います」

助左衛門は、叱られた子供が渋々とでもいうような有様だ。

「明日だね、きっとだよ。みんなで待っているからね」

念を押すように言うと、助左衛門は強張(こわば)った笑みを浮かべて「はい、はい、わかりました」と早口で答えた。

2

何ともいえない胸騒ぎを抱えつつ、足早に去っていく助左衛門と連れの男を見送っていると、ふいに「えへん、えへん」と背後で咳ばらいが聞こえた。

振り返るとそこには年の頃八十近いひとりの老人が立っていた。

傍らの五助の身体がぐっと強張る。

うわっ！

峰も思わず胸の中だけで声を上げた。

老人が首から下げて、細い両腕で抱えているのは大きな看板だ。

《静粛、静粛、静粛に》

老人は怒りに満ちた激しい筆運びで三度も同じことが書かれた看板の文字を、五助と峰に見せつけた。

白い顎髭をたくわえた仙人のような風貌で、口元をへの字に結んでこちらを睨みつける。

「こ、こんにちは！」

峰は慌てて、いかにも仕事中の職人らしいはきはきした声で挨拶をした。

作事の藍色半纏姿に気付いてもらえるように腰に手を当てる。

「お前たち、ここの手配をした仲三の仲間だな？」

峰と五助をぎろりと鋭い目で伺う。

「俺は仲三にここの仕事を頼まれた大工だよ。どうした、爺さん、見たところあんたはここの住人だね。何か困ったことでもあったのかい？」

五助が腕を前で組んだ。

「隣の部屋の家族を追い出してくれよ！　頭がおかしくなりそうだ！　ずいぶん酷い家を手配してくれたもんだな！」

老人が怒りで顔を赤くして、長屋の一番奥の部屋を指さした。

「俺たちに怒ったって仕方ねえさ。筋道立てて事情を教えてくれたら、少しは力になれるかもしれねえぜ」

「あの奥の部屋、うちと同じ九尺二間の部屋にいったい何人住んでいると思う？」

老人はいよいよ怒り心頭という様子だ。

「わからねえな。俺にわかるわけねえさ」

五助が老人の怒りを受け流すように肩を竦める。

「儂もだ！　儂もわからん！」

「ええっ？」

　峰は思わず訊き返した。同じ長屋で暮らすお隣さんの人数がわからないなんてことがあるだろうか。

　老人に睨みつけられて慌てて口を閉じる。

「とにかくあの部屋には、きっとたくさんの子供が兎の子みたいにうじゃうじゃとひしめき合って大騒ぎをしているんだよ！」

「子だくさんはめでてえことじゃねえか。餓鬼ってのは世の宝だよ。爺さんがどうしてそんなにかっかするんだか、ちっともわからねえよ」

「少しもめでたくなんかないね。朝から晩まで狂ったように喚き散らして、どすんどすんと足音を立てて……」

　峰と五助は顔を見合わせた。

「爺さん、それっていつの話だ？」

「まさに今さ！　儂は毎日毎日、あの家族が出す音に苦しめられているんだ！」

「あんたが言うような賑やかな音なんて、少しも聞こえねえけどな」

　辺りはしんと静まり返っている。

老人がぽかんと口を開けた。

「い、いや！　今このときだけさ！　あんたたちが見回りに来たから、部屋を追ん出されないようにと、家族揃って息を潜めて伺っているんだ！」

老人が看板を握り直して、口元を一文字に結んだ。

「信じないってんなら、いいよ！　こっちでもっともっと頻繁に見回りをするさ！」

老人は踵を返して、覚束ない足取りに怒りを滲ませて去っていく。

「ずいぶんとしっかりした店子さんが入ったもんだね。懐具合はどうだか知らないけれど、礼儀正しさのほうは文句なしだよ」

峰は五助に向かって肩を竦めた。

「子供の声がうるさいなんて言われてもなあ。赤ん坊ってのは泣くのが仕事だし、餓鬼ってのは騒ぐのが仕事だろうが。けど……」

峰と五助は、揃って長屋のいちばん奥の部屋に目を向けた。

「静かだな」

五助が言った。

「静かだね。あそこの部屋に子供がたくさんいるなんて到底思えないよ」

峰も頷いた。

奥の部屋は障子どころか雨戸まで閉じ切って、静まり返っていた。

## 3

「まあ、助左衛門さん、ちょっと見ない間にずいぶんとお洒落(しゃれ)になって……」

出迎えた綾がぽかんと口を開けた。

「ええっ？　そうですか？　己ではちっともそんな気はしておりませんが。今日はお招きいただきありがとうございます」

助左衛門が得意げにくるりとその場で一回りしてみせた。

夏を前にして薄い生地の朝顔柄の小袖(こそで)は、古着には違いないがずいぶんと高価なものだ。若い娘ならまだしも、こんな華やかな柄の小袖を着こなすことのできる素人男はそうそういない。

助左衛門の装いはどこか浮ついて、お仕着せの衣装を着た三文役者のようにさえ見える。古着屋に、これこそがお江戸の夏の流行(はやり)と乗せられるままに買い求めた姿が目に浮かぶようだ。

「助左衛門、あんたこのところずいぶんとお江戸を楽しんでいらっしゃるようだな。

くれぐれも甘い言葉には気を付けなくちゃいけないよ。ここいらには悪い奴がいっぱいいるんだ」

与吉はのっけから心配そうな顔だ。

「甘い言葉に悪い奴、ですって？　嫌ですねえ。私は子供じゃありませんよ」

助左衛門は笑い飛ばして、少しも真面目に訊こうとしない。

「そうそう、与吉さんに伺いたいことがあったんですよ。奥山の矢場のお染、って女の噂をご存じではないかと……」

「おいおいやめとくれ、子供の前だよ」

与吉がぎょっとした様子で身を引いた。

子供、と呼ばれて、花がきょとんとした顔をする。

矢場の矢拾い女のほとんどが私娼だということを、知らない大人はいない。

いくら際どい言葉そのものを使っていないとはいえ、家族の夕餉に招かれた先の話題にはまったく相応しくない話の種だ。

「おっと、すみません！」

ぺろりと舌を出して茶目っ気を出す助左衛門に、与吉はいよいよ不安げな目を向けた。

「なあ、助左衛門。あんたちょっとな――」

言いかけたところで芳が口を挟んだ。

「さあさあ、できましたよ。どうぞあったかいうちにお召し上がりくださいな」

差し出した夕餉の盆に載っているのは、厚揚げと大根の煮物に麦飯、という普段の食事どおりの質素なものだ。

おそらく毎晩料亭で贅沢なものばかりを喰っているであろう助左衛門には、つまらない食事に違いない。と、峰が案じかけたところで、

「わあ、なんて美味しいのでしょう！　これぞお江戸の味です！　お芳さんの料理は絶品ですね！」

満面の笑みで声を上げた助左衛門に、思わず力が抜ける。

「おかわりもありますよ」

芳は目を細めて嬉しそうだ。

「いただきます！　必ず、必ずいただきます！　いやあ、美味い美味い」

峰と与吉、それに綾は、どこか白けた顔を見合わせた。

「お江戸見物は、どんな調子ですか？　俵屋さんの店を構える場所がどんなところになるか、少し見えてきましたか？」

少し場が解(ほぐ)れたところで、峰は訊いた。

この調子では遊びに忙しくて、本来の目的を忘れてしまっているに違いない。

まだお江戸に来て一月経っていないのだから、最初は何もかも珍しく面白いのは無理もない。だが、そろそろ気を引き締め直してもらわなくては。

「お陰様で、いい場所が見つかりそうです」

「ええっ⁉」

予想だにしなかった答えに、その場の皆が目を丸くした。

「見つかりそう、って、そりゃどういうわけだい？」

与吉が身を乗り出した。

「せっかくお力添えをいただくはずだった与吉さんには、たいへん申し訳なく思っております。そのため、少々足が遠のいてしまいまして……」

「いや、俺の仕事なんてそんな話をしているんじゃねえんだ。いったいどこを買おう、ってことになっているんだい？」

唾(つば)を飛ばして喋(しゃべ)る与吉の横で、芳もさすがに顔を曇らせている。

「吉原(よしわら)です」

助左衛門が得意げに言った。直後に、「おっと」と肩を竦(すく)める。

「正確には吉原大門を出たところにある、日本堤のあたりです」

しんと静まり返った。

「……ええっと、どこから何を聞いたらいいやら、見当がつかねえや」

与吉が首元をぴしゃりと叩いた。

「ぜひ私の目論見をお聞きください。ええっとまず、吉原はお江戸中の男が集まる憧れの地です」

「そこに干鰯問屋さんの店を構えるの？　それはちょっと場にそぐわないんじゃないかしら？」

綾が言葉を選びつつ口を挟む。

「うちは問屋ですから、その場に店を構えるというのは表向きのことです。私はもっと大きな儲け話に目を付けたのです」

「店を構えるのは表向き、なんて。そんなことある？」

綾がもう助左衛門と話すことは諦めた様子で、峰に耳打ちした。

「どうやって儲けようってんだい？」

与吉が話は最後まで聞くと決めた様子で、腕を前で組んだ。

「表店に俵屋を構えまして、裏長屋を今よりももっと細かく仕切って住人を入れます」

「裏長屋を細かく仕切るだって？　変な商売に手を出そう、ってんじゃないだろうね？」

与吉が顔色を変えた。

「まさかまさか！　与吉さんがご心配されているような艶っぽいお話は、少しもありません。私はあの裏長屋を、吉原ぐるいの遊び人たちに貸そうと思っているんです」

「花魁に入れ込んで家に帰るのも面倒くさくなっちまったような奴らに、かい？」

「ええ、そうです。吉原というのは相当金に厳しいところです。金がなくては大門を潜ることさえ許されません。ですから、金に余裕のある人が狭くて安い部屋を気軽に借りてくれるのではと思いまして」

助左衛門は頬を赤くして捲し立てる。

「……助左衛門、それはあんたが考えた話じゃねえな？」

しばらく黙ってから、与吉が唸った。

「へっ？　ええっと、それは、えっと」

「その話は聞かなかったことにするよ。せっかく親父さんに頼まれていたってのに、あんたのことを放っておき過ぎた俺が悪かった。明日も明後日も、またここへ顔を出してくんな」

「え？　でも明日はちょっと約束が……」

「駄目だ、断りな」

与吉がぴしゃりと言い放った。

「は、はい、わかりました」

助左衛門が与吉の気迫に臆したように頷いた。

「お母ちゃん、助左衛門さんが吉原あたりにお店を構えたら、どうしていけないの？」

花が澄んだ声で訊く。

「え？　いけないものはいけないのよ」

綾が少々気まずそうに早口で答えてから、もう一度、

「いけないものは、いけないの」

と、助左衛門にも聞かせるように言った。

## 4

「いいかい、今日これからはもう出かけちゃいけねえぜ。明日の朝早いうちにはここへ来る、って約束したんだからな。寝坊して表れなかったりでもしたら、里の親父さんに言いつけるぞ」

与吉が夕暮れの空に目を向けて、幾度も念押しする。

「ええ、わかりました。わかりましたとも」

助左衛門は少々辟易した様子で応じると、見送りに行くと言って聞かない与吉をどうにかこうにか振りほどくようにして浜町の宿屋に帰って行った。

「不味いことになったな。悪い奴に目を付けられちまったもんだ」

助左衛門が帰ってから、与吉は浮かない顔でずっとぶつぶつ言っている。

「やっぱり旅先ってのは心細いもんなのね。里で皆に大事にされて賑やかに暮らしている人ほど、お江戸で胡散臭い奴らにひょいと付け込まれちまう、ってのは本当なのね」

綾が頷く。

「だから、毎晩夕餉に呼んであげたほうがいいんじゃないか、って私はあれほどねえ」

芳が前掛けを握って眉を下げる。

「うるせえ、うるせえ！」

与吉は己が悪いとじゅうぶんにわかっている顔をして、首を横に振った。

「お峰、悪いが明日からしばらく普請の場に助左衛門を連れ歩いておくんな。その間に俺は、俵屋さんに相応しい場所を真剣に探してみるさ。あの浮ついた調子じゃ、一刻も早く役目を終えて親元に返してやらなくちゃ悪いことになる」

「ええ、わかりました。助左衛門さんは、根は純朴な人ですからね。普請の仕事を面白がってくれると思いますよ。ですが一緒に作事の場に行くというなら、あの華やかな装いというわけには行きませんが……」

「もちろん承知さ。あんな朝顔柄の着物を着た職人なんているかい。朝のうちにまともな着物を借りてくるさ」

与吉が先のことを決めて少し気が晴れたように頷いた。

「助左衛門さんの着物、お花柄でとってもかわいかったわね。花もいつか大きくなったら、あんなかわいい着物が着たいなあ」

花が綾に耳打ちして、くすっと笑った。

そのとき、戸口のあたりでひそひそと話す声が聞こえた。

「ここかな？」

「たぶんここだよ」

「じゃあ、声を掛けなくちゃ。お前が呼んでみろよ」

「いやだよ、兄ちゃんが挨拶(あいさつ)しておくれよ」

子供の声だ。

「なんだ、なんだ。こんな夕暮れに子供だって？　家の中に蹴毬(けまり)でも飛んできたか？」

与吉が不思議そうな顔をした。

「こんばんは。うちに何かご用ですか？」

綾が戸を開けると、十をいくつか過ぎたくらいの痩(や)せっぽちの男の子と女の子が、緊張した面持ちで立っていた。

二人の顔は瓜二(うりふた)つだ。年の近い兄妹(きょうだい)に違いない。

「えっと、えっと、あの、あの」

男の子のほうが裏返った声で言うと、すかさず女の子が、

「ここは普請の手配をいただく采配(さいはい)屋だと伺いました。お峰さんはいらっしゃいますか？」

と、利発そうな声を上げた。

男の子は傍らでこくんこくんと頷く。

「峰は私だよ。どこかで会ったことがあるかい？」

少し頭を巡らせてみるが、子供たちに見覚えはない。

「いいえ、お会いしたことは一度もありません。あなたが、白金の長屋にいらしたお峰さんですね？　大工の五助さんと一緒に加ト吉爺さんと喋っていらっしゃいましたね？」

硬い声で訊く女の子に、峰はあっと呟いた。

「もしかして、白金の長屋の一番奥の家の子かい？　あのご老人が加ト吉爺さんというのは初めて知ったよ」

峰は振り返って、皆に五助と出かけた白金の長屋での出来事を説明した。

加ト吉が首に看板を括って見回りをしている話をすると、与吉の眉が厳しく吊り上がった。

「それじゃあ、あんたたちがその子だくさんの家の子供たち、ってことだな。いったい兄弟が何人いるんだい？　十か、二十か？」

与吉は気を取り直したように、いかにも子供好きらしく普段より剽軽な声色で訊いた。

「いいえ、まさか！　たったの七人兄弟です！」

与吉の冗談を真に受けた様子で、二人の子供は慌てて首を横に振った。

「九尺二間に七人兄弟か……。そりゃ、ほんのちょびっとだけ子だくさんだな」

与吉が肩を竦めた。

「私たち兄弟は、部屋で息を殺して加卜吉爺さんの話を聞いていました。みんなでここから追ん出されないように、もっともっと静かに暮らそうって誓ったんです。けど、おっかさんは、あれからふさぎ込んじまって……」

二人の子供が顔を見合わせて涙ぐんだ。

「あの話を聞いていたんだね。確かに、加卜吉爺さんはずいぶんとおっかないことを言っていたからね。あんな言われようじゃ、おっかさんは気の毒だよ」

「ああ、馬鹿馬鹿しい！　なんて胸糞の悪い話だい！」

ふいに与吉が堪忍袋の緒が切れたように、声を荒らげた。

「子供がうるさいのなんて当たり前だろう！　年寄りの中には、ときどき耄碌して手前が赤ん坊だった頃をすっかり忘れちまう馬鹿がいるんだよ！　おのれおのれで、手前の暮らしを邪魔する奴はみんな出て行けなんて、みっともないねえ！　俺は、そんな我儘な年寄りがいちばん嫌いなんだよ！」

怒りが収まらない様子で顔を真っ赤にしている。

子供たちが少しだけ頬を綻ばせて目配せをし合った。

「それで、私を訪ねてきてくれたのには訳があるね？」

「私たちの部屋の音が、外に漏れないようにしていただきたいんです。これからも私たちは気を付けて静かに暮らすつもりでいます。ですが普段の声でのお喋りくらいはできるようになりたいんです」

女の子がまっすぐに峰を見た。

「加卜吉爺さんに文句を言われないように、そして小さい妹と弟たちが少しでも家でのびのびと暮らせるようにして欲しいんです」

男の子がようやく緊張が解けてきた様子で続けた。

「お代はこちらが精一杯です。足りない分は働かせていただきます」

男の子がしっかり握った掌を開くと、一文銭が三枚だけある。

子供たちが皆でどうにかして稼いだ銭に違いない。

「それはしまっときな。代わりに、ひとりで歩ける子はみんなうちに手伝いに来てもらうよ。今度の普請はそれで請け負うさ」

与吉が厳めしい顔で言ってから、にっこりと笑った。

「お峰、そういうことでいいな？　餓鬼どもを目一杯こき使ってやろう！」

「え、ええ。もちろんです」

峰は頷いた。

「けれど音が漏れない部屋を作るのは初めてなので、一から考えなくてはいけませんが……」

「いい学びになるさ。きっとこれからのお江戸には、その加ト吉って偏屈爺さんみてえな奴らがどんどん増えてくるに違いねえからな」

与吉が、「任しておきな」と目配せをすると、子供たちは「ありがとうございます！」と声を揃えた。

「しかし嫌な時代になったもんだねえ……」

気の晴れた顔の子供たちを前に、与吉は寂しそうに呟いた。

## 5

灰色の曇り空の下、白金の畦道を似合わない藍色半纏姿の助左衛門を連れて歩く。

今日は五助は一緒ではないが、ぽつんと建ったあの長屋の場所は間違えようがない。

「そういえば、助左衛門さん、この間はどうして白金にいたんですか？」

「ここいらはいつの日かきっと目玉が飛び出るような価値のある土地になる、って言われて案内されたんです。ですが私のような田舎者は、田舎は少しも好みませんよ。緑に囲まれた風光明媚なところでしたら、里に勝てる場所はありませんからね」

「助左衛門さんを案内した人、ってのは手配師を名乗っていましたか？　お江戸で長年働く大工の五助が、見たことがない顔だと言っていたので」

人の良さそうな満面の笑みを浮かべた小柄な男の姿が、胸を過った。

助左衛門に吉原の土地なんてとんでもないものを売りつけようとしたのは、あの男なのだろうか。

「手配師……と言っていたかどうかは覚えていません。ただ、お江戸の土地を買いたいならば良いところを知っている、って親切にしてくださっただけの人なんです」

助左衛門が早く話を切り上げたそうな顔をした。

峰が助左衛門に向かって口を開きかけたところで、

「お峰さん！　こちらです！」

と子供の声が響いた。

振り返ると昨日の兄妹が揃って大きく手を振っている。

「わざわざ迎えに来てくれたのかい？　ありがとうね」

峰も手を振り返すと、子供たちは助左衛門に気付いて不思議そうな顔をした。

「こちらは助左衛門さん。私の助手だよ。今日は一日私の仕事にくっついているんだ」

峰が助左衛門の藍色半纏を指さすと、子供たちが顔を見合わせてぷっと笑った。

「なんだか職人さんらしくないねえ。もしかしてお兄さん、うちを覗きに来た忍びの者なんじゃないかい？」

「そ、そんなに似合っていないかい？」

助左衛門が腕を広げて困った顔をした。

「そうだ、そうだ。加ト吉爺さんに頼まれて、変装してうちを覗きに来たんだろう？」

子供たちがきゃっきゃと声を上げて笑った。

「加ト吉爺さん？　誰だいそれは？」

ようやく子供たちにからかわれていると気付いた助左衛門は、ため息をついて肩を竦めた。

その様子が面白くてたまらないと子供たちがまた笑うので、いつの間にか峰も、助左衛門も笑い出す。

やはり子供とは明るい光を放つどこまでも可愛らしいものだ。

「私は、関宿からお江戸に来たばかりなんだよ」

「関宿？　それってどこだい？」

「大きな川がぶつかるところで、国じゅうから舟がたくさん着くところさ。立派なお城もあるんだぞ。けど、城下町の賑やかなところ以外は、ちょうどこんな具合に田んぼと畑が一面に広がっていてねえ。なんだか急に里が懐かしくなってきたなあ」

皆で和やかにお喋りをしながら長屋へ向かっていたはずが、ある辻を境に、子供たちの口数が急に少なくなった。

先ほどまで声を上げて弾けるように笑っていたのが、花魁のように袖で口元を隠して喋る。周囲に気を配りながら、常にびくびくしている。

「おや？　どうかしたかい？　さっきの勢いはどこへ行った？」

助左衛門は子供たちの急な変わりように、呆気に取られた様子で峰を見た。

峰は黙って頷く。

「ここです。ここが私たちの部屋です」

しばらく歩いてから、女の子が喉から声を発することなく口だけで囁いた。

長屋の一番奥の部屋だ。

端の角部屋ということもあり、戸口が部屋の横についている。

路地がないので、少し遠回りするだけで誰の部屋の前も通らずに部屋に入ることができるつくりだ。

「さあ、部屋の中へどうぞ。あ、この長屋では、くれぐれもお静かにお願いいたしますね」

子供たちが揃って助左衛門に向かって念を押した。

「は、はい。わかりましたとも」

助左衛門が背筋を伸ばして口を掌で押さえた。

部屋の中は薄暗い。雨戸を閉め切っているからだ。

さらさらと木の葉が鳴るようなざわめきが聞こえた。

ようやく目が慣れてきたところで、九尺二間の長屋の部屋に七人の子供と母親、計八人が静かに静かに囁き合いながらうごめいているのに気付いた。

七人兄弟は確かに多い。

だが壮健な子供たちが所狭しと燥(はしゃ)ぎ回っているならば、蜂の巣でも突いたような大騒ぎ、なんて揶揄(やゆ)しながらも、お江戸ではよく見かける光景だ。

だがこの部屋はまるでまさに兎小屋のようだ。兎のように鳴かず騒がず、ただ音をたてないように、うるさくしないようにと息を潜めている小さな子供たちの姿は異様にさえ見える。

「あうー」

まだ二つになるかならないかのいちばん小さな子供が、峰と助左衛門の姿に喜んで声を上げた。

と、その場が凍り付く。

「だ、駄目よ。末太（すえた）。こっちへいらっしゃい。こっちで姉さんと遊ぼうね」

子供たちが弟を一斉に取り囲んだ。と、その場でしゃがみ込む。勢いよく立ち上がると同時にぱっと空に向かって手を開く。

小さな末太は何がなにやらわからない顔のまま、兄さん姉さんの真似をさせられている。

「我が家では、それこそ朝から晩までこの体操ばかりをしています。とんでもなく疲れるので騒ぐ気力もなくなること、それに声はもちろん、足音を床に響かせずに済みますから」

年長の女の子が真面目な顔で言った。

ふうふう息を吐きながら、座って、立って、座って、立って、をひたすら繰り返す子供たちの姿を、萎れ切った顔をした母親が涙ながらに見つめている。

「これまで私たちは、小網町の裏長屋で暮らしておりました。小網町は常に人通りの多い賑やかなところなのに加えて他の部屋にも子供の多い長屋でしたので、これほどご近所を気にする必要はなかったのですが」

確かに子だくさんの家族ならば、同じような家族連れが多いとわかっている騒々しいところで暮らすほうが、余計な気遣いも少なくて済むに違いない。

「それでは、ご家族はどうしてこの長屋に？」

「末っ子の末太が身体が弱く、洟水とくしゃみが止まらない病に罹ってしまったんです。医者に診せたところ、古い家に染み付いた黴と埃、それに表通りの土埃が原因だと言われました。そんなときにちょうど人里離れた白金に真新しい長屋ができたと聞いて、これ幸いと慌てて越してきたんです」

「そうでしたか。末太くんの身体はずいぶん良くなったようですね」

末太と呼ばれて、艶やかな頬をした子供が顔を上げる。

「ええ、お陰さまでこちらに越してからは、夜も眠れないほど苦しめられていた病はすっかり良くなりました。私も夫も泣いて喜びました。ですが……」

「今、ご亭主はどちらにいらっしゃいますか？」

この部屋には男の気配が少しもない。

「夫は、医者への礼金と急な引っ越しにかかった金を返すため、お伊勢道中の駕籠舁きに出ることになりました。戻ってくるのは数月後です」

母親は目を伏せた。

「私たちがご近所にご迷惑をお掛けしているのは心から申し訳なく思っています。ですが、夫がここにいてくれさえすれば、この家に男がいるとわかれば、加ト吉爺さんは二六時中あんな怖い看板を抱えて見回りをして歩くことはないのかもしれない、なんて。そんなふうに思ってしまうこともあるんです」

「加ト吉爺さんのあの看板は、さすがにやりすぎです。それにあの人はこの家に男がいるかどうかなんて気にしませんよ。ここの子供たちが何人兄弟かさえも知らないんですから」

「えっ？」

峰の言葉に、母親が首を傾げた。

二人でしばらく顔を見合わせた。

## 6

「お峰さん、音の漏れない家、ってのは、どうやって作るんですか？」

子供たちが声一つ上げず、水の中の海藻のごとくこちらに手を振っている光景に応じながら、助左衛門がこれまた小さな声で訊いた。

「壁と床を分厚くして、あとはとにかく隙間を塞ぐんです。とはいっても、長屋ってのは同じ柱を使ったひとつの建物ですからね。天井裏で繋がっているような具合で、隙間を塞ぐというのがきちんとできるかというと……」

峰は額に掌を当てた。

音を防ぐ普請だけで加ト吉を納得させるには、石蔵でも作らなくてはいけなそうだ。

あの偏屈な調子では、いくら普請を重ねてもまだうるさい、まだうるさい、と文句が続くことはすぐに想像できた。

あの親子が日々どれほど気を使って暮らしているかを知れば、誰だって間違っているのは加ト吉のほうだとわかる。だがそれを加ト吉に言い聞かせようとしたところで、聞く耳を持つはずもない。

何より心配なのは、親子の父親が戻ってきてからのことだ。

今は女と子供だけの暮らしだからこそ、加ト吉の嫌味な振る舞いにただ耐えている。だがそこに駕籠舁きのような荒っぽく腕っぷしの強い男が混ざれば、途端に事態は不穏な調子になる。

近所同士での喧嘩は、逃げ場がないだけ大きな騒動に発展する場合も多い。

何とか今のうちに丸く収めなくてはたいへんなことになる。

「あんなに静かな子供たちなんて見たことがありませんよ。あのお内儀さんはよほど気を使って暮らしていらっしゃるに違いありません。あの家をうるさいですって？　そんな馬鹿なこと……あ、あう。うぐっ。ええっと、えっと」

助左衛門が急に踏み潰された蛙のように呻いた。

こちらを睨んでいるのは加ト吉だ。首から看板を下げて、小脇には鉢植えを抱えている。

「なんだ、ずいぶん騒々しくて出てみたら、またあんたか」

「こんにちは！　このたび、私が奥の部屋の普請をすることになりました」

峰は空元気で胸を張った。

「普請だって？　音を出すつもりじゃないだろうね？」

加卜吉がわざとらしく仰天してみせた。

「すみませんが、普請とは必ず音が出るものです。少々ご辛抱くださいな。この長屋が建ったときだって、きっと木槌の音やら鋸の大きな音が、このあたりじゅうに響いていたはずですよ。そこの大木に巣を作っていた小鳥は、うるさすぎて引っ越しちまったに違いありません」

峰の言葉に、加卜吉が顔を歪めた。

「それならそうと、先に手拭いでも何でも持って挨拶に来るべきだろう？」

「それは良い考えですね！　ありがとうございます！　作事が始まる前に、この長屋の皆さんに手拭いをお配りして普請のご挨拶をすることにします。もちろん加卜吉さんにもお届けしますよ」

峰がどこまでも笑顔で応じると、加卜吉は忌々しそうに顔を顰めた。

「この長屋の皆さんは、ご挨拶に伺うには夕暮れ時がよろしいでしょうかね？」

「どうして儂に訊くんだ？　日がな一日、ひとり寂しく近所の暮らしを調べて回っている暇な偏屈爺、とでも言いたいのか？」

加卜吉が峰に恨みがましい目を向けた。

「いえ、まさか、そんなことは……」

言葉はずいぶん悪いが、同じようなことを考えていたのはほんとうだ。

しどろもどろになったところで、ふいに助左衛門が明るい声を上げた。

「やあ、この鉢は朝顔ですね！　加ト吉さんが育てていらっしゃるんですか？」

驚いて目を向けると、助左衛門が加ト吉の抱えた鉢に抱き付かんばかりに覗き込んだ。

「ずいぶん茎がしっかりしていますね。ひい、ふう、みい、よ、わっ、蕾がこんなにたくさんあります。花が咲くのが楽しみですねえ」

助左衛門の満面の笑みに、加ト吉が少々気が引けたような顔をした。

「あんた、植木をやるのかい？」

「ええ、もちろんです！　ですが里の関宿で行商人から手に入れた種は、お江戸のように蔓がしっかり空に向かって絡まずに、地面を這うように広がっていきますが」

「そりゃ、浜昼顔じゃないのかい？　行商人に騙されたんだよ」

「浜昼顔、ですって？　初めて聞きました。美しい名ですね。それはいったいどんな花でしょう？」

「ええっとな、その名のとおり昼間に浜辺に行ってみれば腐るほど見られるはずさ。お江戸じゃあ雑草みてえな扱いになっているけれど、花は朝顔にそっくりで綺麗なもんだ」

呆気に取られている峰の前で、加ト吉はまるで別人のように生き生きと話し出した。

「連れて行ってやろうか？　花の時季はまだ先だけれどな」

「ええっ！　よろしいんですか？　お峰さん、もしお許しいただけるようでしたら、今から加ト吉さんと浜昼顔の見物に……」

「ええ、ええ、もちろん行っていらしてくださいな」

目配せをし合う。

「助左衛門さん、ありがとうございます」

加ト吉の目を盗んで囁いた。

「いえいえ、関宿の屋敷で爺さま婆さまにお小遣いをもらうのは得意でしたので」

助左衛門はにっこり笑うと、「では、では、加ト吉さん、浜昼顔の浜辺へお連れ願えますと幸いです」と、明るい声を上げた。

7

先に戻った峰が神田横大工町の路地で大工道具の手入れをしていると、しばらくしてから助左衛門が顔を出した。

「おうい、お峰さん、今戻りましたよ」

ここのところの長雨で浜辺の砂は湿っていたのだろう。助左衛門の着物の裾が濡れた砂で汚れていた。

「助かりましたよ。助左衛門さんがいなかったらどうなっていたことやら……」

峰が笑顔を向けると助左衛門は、

「いえいえ、とても楽しかったですよ。あの加ト吉さんという方はずいぶんと物知りですね。美しい花が咲く朝顔の蕾の見分け方を教えてくださったんです」

「美しい花が咲く蕾の見分け方、ですか。加ト吉さんってのは昔は植木屋さんだったんですか？」

「いいえ、昔は棒手振りの魚屋さんだったそうです。亡くなったお内儀さんが朝顔に美しい花を咲かせる名人だったそうです。お内儀さんは、二月前に亡くなったばかりのようですね。それを機に、息子たちに店賃の都合をしてもらって白金の長屋に越してきたとのことでした。お内儀さんとの思い出の残る家で暮らすのは、寂しくてたまらなかったようです」

「へえ、そうでしたか」

こんなにあっさりと加卜吉から昔の話を聞き出してしまうなんて。いったいどんな技を使ったのだろうか。

峰は呆気に取られた心持ちで助左衛門の顔をまじまじと眺めた。

「それじゃあ加卜吉爺さんは、しばらくはひとり静かにお内儀さんを偲んで暮らしたかったたってわけですね。だから、隣の部屋のあの親子の出す些細な物音が気になって仕方がないと……」

大きな看板を首から下げて仏頂面を浮かべた、加卜吉の姿が胸に浮かぶ。

「ええ、隣の部屋の話になると、急にそれまでの穏やかな様子とは打って変わって、厳しすぎる調子に変わってしまいました」

助左衛門が眉を八の字に下げた。

「それを訊くと、やはり難しい普請ですね」

峰はため息をついた。

どうしたものかと思案しつつ目を泳がせていると、ふいに部屋の奥で衝立を倒したようなごとんという物音がした。

助左衛門の顔が引きつる。

吉原の土地の件で与吉にぴしゃりと叱られたことが、決まり悪いのだろう。

「そういえば、吉原大門近くの土地の話はどうなりましたか？」

気を取り直して話を向けた。

助左衛門は、やはりそれを訊かれてしまうのか、という調子で顔を顰めてから、

「断りを入れました。私が浮ついていたせいで与吉さんには申し訳ないことをしました。怒られて当然です」

助左衛門は口を尖らせて、己の言葉に幾度も頷く。

「そうでしたか。そう言ってもらえてほっとしました」

峰が表情を和らげると、助左衛門もにっこり笑った。

「ほんとうにいいんですね？」

もちろんです、と返ってくるとばかり思って念を押したつもりが、途端に助左衛門は顔を曇らせる。

「え、ええ。あの土地。実はあの土地には未だ心残りはありますが……」

えっと訊き返しそうな心持ちで、目を瞠る。

「土地っていうのは、奇妙なものなんです。一旦、これはと気に入ってしまうと、寝ても覚めてもそのことしか考えられなくなるんです。怪しい話に違いないとわかっているのに。でもどこかでは、やはりあの土地にはご縁があるんじゃないかなん

て頭の隅で考えている己がいます」

「助左衛門のいいところは頭の中のことをすっかり素直になんでも喋っちまうところだな」

戸が開いて、与吉が顔を出した。

今までの峰と助左衛門の会話を、聞いていたのだろう。

「助左衛門、あんたの家がいくら金持ちでも、土地を買うってのは饅頭を買うのとはわけが違うんだぜ。土地ってのは人に夢を観せちまうんだ」

与吉が戸を閉めて路地にしゃがみ込んだ。

傍らをぽん、と叩いて峰と助左衛門も同じように座らせると、夕焼け空を見上げる。

「夢……ですか？」

助左衛門が怪訝そうに訊き返した。

「そこで暮らしている己の姿を一度でも思い描くと、人はすっかりその気になっちまうもんだからな。あばたもえくぼ、なんてもんで悪いところは少しも見えなくなっちまうのさ。みんながみんな、そんなもんさ。でもな、さすがに吉原大門の近くの土地なんてもんは話にならねえさ」

「助左衛門さん、きちんと断ったそうですよ」

峰が伝えると、与吉は「当たり前だ」と言って助左衛門を睨(にら)む真似をした。

「しかし悪い奴に引っかかったもんだな。その手配師はなんて名だい？」

「い、いえ。私が悪いんです。あの人は手配師と名乗っていたわけではなく、私が勝手に……」

助左衛門が慌てた様子で首を横に振った。

「あんたには迷惑はかけねえさ。けど、そいつの名だけは教えてくんな。それと、どこで出会ったかもな」

「……あの人は、栄之助(えいのすけ)といいます。実はお恥ずかしながら吉原見物に行った際に、お茶屋で出会いまして。私が行きたいところにすべて案内してくれて、いつでもどこでもすべて私の都合に合わせてくれる、すごく親切な人なんです」

与吉に真正面から見据えられて、助左衛門はしょんぼりと肩を落とした。

「助左衛門、覚えておけ。お江戸では、あんたが困っているときに手を差し伸べてくれるのはそりゃいい奴さ。けど、先回りして先回りしてお節介を焼いてくる奴ってのは、みーんな悪い奴だ。手前(てめえ)の敷いた下り坂を、どーんと突き落として転がしてやろうとしている奴らばかりさ」

「い、いえ。栄之助さんはそんな人では……」

言いかけてから、助左衛門は唇を尖らせて黙った。

「なんだ、まだそんなことを言ってやがるのか。それじゃあ、あんたの恋煩いを治して、目をぱちりと覚ましてやらなくちゃいけねえな」

与吉が苦笑いでため息をついた。

「恋煩い？　吉原の土地のことですか？」

「ああ、そうさ。あそこを買っちゃいけねえのには理由があるんだ。五十年続く実直な干鰯問屋が吉原の目の前に店を構えるわけにはいかねえ、って、お綾が言っていたこともちろんあるさ。けどな、もしあそこに店を構えないとしても、日本堤の長屋なんてもんは素人が手出しできるところじゃねえんだ」

「吉原ぐるいの小金持ちの男たちが、遊びのついでにちょっと休める部屋、という触れ込みは理にかなっているように思えたのですが」

「ちゃんと考えてみろ。吉原ぐるいの男たちは、しまいにはどうなる？」

与吉が助左衛門の言葉を遮った。

「え？　ええっと、恋い焦がれた花魁を身受けして幸せな所帯を持つ……はずはありませんね」

「吉原ぐるいは、そんなに長くは続かない。一月も熱に浮かされていたら、必ず家族に連れ戻されるって決まりよ」

「ですが、吉原には次から次へ新しいお客がやってきますよね？　あの長屋の部屋が空けばすぐに別の人が入るのではないでしょうか？」

「そのとおりさ。ここでいいことを教えてやろう。人の出入りの多い長屋は、揃いも揃ってみんなみーんな、住民同士で揉め事が起きるって決まりなんだ」

「揃いも揃って、みんなみーんな、だなんて、そんな大仰な。いったいなぜですか？」

助左衛門が拗ねたような顔をした。

「なぜだと思う？」

与吉が助左衛門に、次に峰に目を向けた。

「あっ」

峰が声を上げると、与吉は「そうだ、白金の長屋とおんなじ理屈さ」と笑った。

## 8

白金の原っぱに蟬の音が響き渡る、夏の真っ盛りだ。

峰の顔はもちろんのこと、木材の端切れの片付けをさせたり砂利を敷くのを手伝わせたりと思う存分こき使った兄弟たちは、ほんの数日前とは見違えるように日焼けした。

「よしっ、俺の仕事はこれで終わりだ。お前が頭で思い描いていたとおりか？」

五助が大工道具を背に担いで、滝のように流れる汗を拭(ぬぐ)った。

「ありがとう、五助さん。まさに思ったとおり、むしろそれよりずっと良いよ。こんな面白そうなもの見たこともない」

峰の背後で子供たちが肩だけ揺らしてくっと笑った。

「思ったよりずっと良いだって？　職人ってのはそれが当たり前さ」

五助が得意げに笑った。

「それじゃあ、あの偏屈爺(じい)さんを呼んで来るかな」

皆で長屋に戻ると、加ト吉の部屋の前で朝顔の鉢を眺めて何やら熱心に話し込んでいた助左衛門と加ト吉が揃って顔を上げた。

「あ、お峰さん。今、加ト吉爺さんから紅色の朝顔を咲かせるための土の話を伺っていたのです」

「お前たち……」

子供たちに気付いた加ト吉が、看板を捜すように己の首元に手をやった。部屋に置いてきてしまったのに気付くと、忌々し気に口元をへの字に曲げる。

子供たちは加ト吉の顔色に気付くと、音もなく蜘蛛の子を散らすようにぱっと逃げ出した。

「加ト吉さん、一緒に私たちの普請を見ていただけませんか？」

「大騒ぎがやっと終わったか」

加ト吉が吐き捨てた。

「音が少しも漏れない部屋ができたって話だな。ここしばらく作事の音にずいぶん我慢したんだ。これからは物音一つない静かな暮らしができるってことじゃなくちゃ、儂は納得しないぞ」

「どうぞご覧ください」

峰の先導で、皆で大回りをして加ト吉の隣の部屋に向かった。

「こ、こんにちは」

小さな末太を抱いた母親が身を縮めるようにして頭を下げた。

「床には畳を敷いて、加ト吉さんの部屋の壁に面したところには綿と砂利を詰めた布袋を貼りました。音というのは水とよく似ています。綿のように水を吸いやすいものは音もよく吸ってくれるんです。さらに砂利を入れて重くすることで、音による揺れの伝わりも少なくなります」

それに加えて、天井裏に潜り込んで、隣の部屋との間に分厚い板で壁を作った。

これですべての音が消えるとまではいかないが、これまでに比べればかなり音漏れが押さえられるはずだ。

「職人が入ったばかりだってのに、ずいぶんみすぼらしい見た目だな」

加ト吉が眉を顰めた。

「今回は、こちらの部屋の子供たちから頼まれた普請です。作事の場で余った材料や古着の襤褸布を使ったので、見た目の美しさはご勘弁いただくことになっています」

峰は頭を掻いた。

「……これじゃあ、せっかくの新しい部屋の壁が台無しだ」

加ト吉がぽつりと呟いた。だが慌てて口元をへの字に曲げる。

「まあ、儂は、静かになりさえすりゃ文句はないんだ。普請の効き目が楽しみだよ」

「加ト吉さん、待ってください。ここの普請はもう一つあるんです」

憮然とした顔で踵を返そうとした加ト吉を、慌てて呼び止めた。

「もう一つ、だって？」

加ト吉が怪訝そうな顔をした。

「はい、ここの子供たちと、大工の五助と一緒に力を合わせて作ったものです。どうぞご覧になってください」

「あんたたちの普請は、この長屋の部屋の話じゃなかったのか？　いったいどこへ連れて行くんだ？」

訝し気な加ト吉を案内したのは、厠の裏だ。

「厠か？　こんなところにいったい……」

周囲には微かに厠特有の臭いが漂ってはいる。だが、広々とした原っぱのおかげで、お江戸の真ん中の長屋の路地の厠に比べれば少しも気にならないくらいのものだ。

「何だこりゃ⁉」

加ト吉が素っ頓狂な声を上げた。

厠の裏では長屋が一棟建つくらいの四角い土地が柵で囲われている。柵の真ん中には大人の背丈ほどの小さな櫓があった。

櫓というものは、城に敵が攻めて来ないかを見張るための仰々しいものだ。

だがこの櫓は、櫓なんて厳めしい言葉が少しも似合わないほどこぢんまりしている。

「こんな低い櫓じゃ何も見えやしない。いったい何のために使うんだ？　こんなもの子供の遊び場にしかならないだろう」

加ト吉がはっとした顔をした。

「ええ、そうです。この櫓はおもちゃみたいに見えますが、実は五助が作った頑丈なものです。ここで子供たちに存分遊んでもらおうと思うんです。この厠の裏は、この白金の長屋の皆のための庭になるんです。子供が遊び、菜を育て、たくさんの花を咲かせる、住民の皆が使うことのできる庭です」

「庭、だって？　お屋敷じゃあるまいし。長屋暮らしに庭があるなんて聞いたことがないぞ」

峰は、加ト吉が〝花〟と聞いて耳をぴくりと動かしたのを見逃さなかった。

「土地が余っている、ここ白金だからこそできることです。手配師の仲三さんにも承知してもらいました」

五助を通じて仲三に伺いを立てると、こんな広い土地でわざわざ厠の近くに新しい長屋を作るつもりはないから好きに使ってくれと、二つ返事で承知してくれた。

「だがしかし、ここで好き放題に騒がれると、長屋の部屋まで音が……」

加ト吉が渋い顔をした。

「加ト吉さん、今、何が聞こえますか？」

峰は加ト吉の顔をまっすぐに見た。

「何が、って、あんたの喋る声さ」

「それじゃあ、今ここで私が黙り込めば、この場は水を打ったように静かになるってことですよね？」

「ああ、そうに決まっているだろう？　謎かけみたいなことを言わないでくれ」

「でもほんとうは、朝からずっと、このとんでもない大騒ぎの蟬の音が聞こえていますよね？」

峰は空を見上げた。

ひとたびそこに気を配れば、真夏の蟬たちは大声の大騒ぎだ。

「そりゃ、蟬の音は仕方ないさ。蟬ってのは夏になると鳴き騒ぐもんだ、ってわかっているからな……」

途中で峰が言いたいことを察したのか、加ト吉の顔が気まずそうに変わった。

「子供も同じだと言いたいんだろう？　子供ってのは小さいうちは騒ぐもんだから

我慢しろ、ってな」

「いいえ。私が言いたいのは、先ほど加ト吉さんが仰った〝わかっている〟というところなんです。私たちは、夏に蟬が鳴くのは〝わかっている〟から、少しもうるさく感じないんです」

峰は庭を見回した。

「この庭は、厠を使うときに必ず目に入ります。日々は己の生活を守って過ごしているこの長屋の皆さんも、日に数度、厠を使うときには、ご近所がどんな顔のどんな人なのかを知ることができるんです。もちろん礼儀正しいここの長屋の皆さんならば、ついでに挨拶くらいなさらないというわけはないでしょう。皆の暮らしがわかれば、きっと加ト吉さんは少しくらいの音があっても安心して過ごすことができるはずです」

「安心、ってのはどういうことだ？　儂はそんな臆病者じゃ……」

峰は、まあまあ、と加ト吉を宥めた。

「おうい、みんなこっちにおいで！」

庭の草陰から、年長の男の子と女の子が泣き出しそうな顔で現れる。それに続いて、強張った顔をした小さな子供たちがひょこひょこと顔を覗かせる。

「こちらが、いちばん年長の権太、継ぎが年長の姉さまのおみち。次の男の子が虎之介でその次の女の子はおちか……」

「やめてくれ、一度に覚えられるはずがないさ」

加ト吉が辟易した顔で首を横に振った。

峰は構わず皆の名を言う。

「そしておっかさんに抱っこされていた、まだ小さな子は末太です」

「末太だって？」

加ト吉の顔色が変わった。

「あの赤ん坊は末太っていうのか？」

もう一度訊く。

「ええ、末っ子の末太くんです。あの子の病を治すために、ご家族はこの長屋に越してきたんです」

「へえ……」

加ト吉が急に毒が抜けたようにしゅんとした顔をした。

「儂の息子と同じ名だよ。身体が弱くていつまでも泣き虫だった、末っ子の末太だ」

加ト吉はそう呟くと、大きなため息をついた。

## 9

「白金の長屋の手配師ってのは、本銀町の仲三だったんだな。この間、礼を言われたよ。お峰が考えた広い庭付きの長屋、ってのが、ずいぶん評判らしい。同じような長屋を麻布や渋谷、土地が有り余った田舎町にたくさん建ててるんだ、って息巻いていたぞ」

与吉が汗を拭き拭き、熱い茶を啜りながら言った。

「評判、ってことは加ト吉爺さん、あの長屋で心穏やかに暮らせているということでしょうか」

「何も言ってこない、ってことはうまくいっているってことだろうな。そうそう、あの庭には、わざわざ遠くから眺めに来る人がいるくらいの見事な花畑ができたみたいだよ」

与吉がにっこりと笑った。

「隣近所ってのは、実は遠くの身内よりもずっと近いもんだからね。顔見知りになって挨拶を交わせば、それだけで安心するし、どこの誰だか知らなけりゃどこまでも邪推するもんだよ。ご近所づき合いを面倒臭いなんて思わずに仲良く暮らすのが、狭苦しいお江戸にはいちばんに違いねえんだが……」

「ですが、見慣れない土地では、ご近所づきあいに身構えて、己の暮らしを守りたくなってしまう気持ちもわかります」

助左衛門が土間で芳の洗い物を手伝いながら神妙な顔で頷いた。

「吉原の土地を買っちゃいけねえって、俺が言った理由がわかったな？」

「ええ、わかりましたとも」

助左衛門が恥ずかしそうに、大きく頷いた。

「人の出入りの多い長屋では、ご近所をじっくり知る間もありません。常に、今度のお隣はいったいどういう人だろう、なんて不安に思いながら暮らさなくてはいけません。その分、邪推からくる揉め事はとんでもなく多くなるに違いありません」

「そうさ、人ってのはみんなただ暮らしているだけで、必ず誰かに迷惑は掛けるもんなんだ。それを蟬の鳴き声みたく気にも留めずに許せるか、それとも大喧嘩になっちまうか、っていうのは、その長屋次第さ」

その時、開いた戸口から男が顔を覗かせた。

「与吉さん、いるかい？」

年の頃は三十くらいだろうか。姿勢が良く、いかにも仕事の真っ最中らしい引き締まった顔をした男だ。

「ああ、仲三かい。ちょうど今、皆にあんたの話をしていたところだよ。こちらが、白金の長屋の普請をしたお峰だ」

「あんたがお峰さんかい！　面白い普請をしてくれたね。己の暮らしを守りたいって気の細い住人ほど、近所の皆の人となりと暮らしがわかる場が欲しい。そんなこと、俺には思いもつかなかったさ」

仲三と呼ばれた男は、親し気な笑みを向けた。

「せっかくだから、礼がしたくてね。何か、私が力になれることはあるかい？」

「そりゃ、ありがてえ！　渡りに船だよ。今、お江戸の土地でどこか良いところを知らねえかい？　手配師ってのは、まだ表立って売りに出ていない土地にも相当詳しいんだろう？」

与吉がぴしゃりと膝を叩いた。

「お江戸の土地だって？　景気のいい話だね。どこの誰が買うんだい？」

「そこで皿を洗っている助左衛門さ」

与吉は助左衛門が関宿の俵屋の跡取り息子として、江戸に店を出す場所を探しにやってきていることを説明した。

「五十年続く干鰯問屋さんの大店かい。そりゃ探し甲斐があるね。ぜひとも私にまかせておくれよ」

仲三が頼もし気に己の胸をどんと叩いた。

# 第三章　がらくた部屋

## 1

神田横大工町はそろそろ晩夏の気配だ。

昼は目もくらむような暑さが続いているが、朝晩はどこか涼しい風が吹く。

「ねえ、お峰ちゃん、なんだか妙だと思わない？」

井戸に水を汲みに行って戻って来た綾が、表を幾度も振り返りながら言った。

「何のことだい？」

朝餉の支度をする芳を土間に並んで手伝いながら、峰は首を傾げた。

「表のつつじよ。この時季にまだたんまり花が咲いているのよ」

「つつじ？　言われてみれば……」

戸口から表に顔を出してみると、そこにはつつじの鉢がある。

助左衛門が少し前に富岡八幡宮の参道の出店で買い求めたものだったが、宿に置いておくわけにはいかないのでこの家で預かっていたのだ。

助左衛門が毎日ここへやってきて、丹念に手入れをしていく大事な鉢だ。どの鉢のつつじも、こちらに居心悪さを思わせるほど満開に咲き誇っている。

「助左衛門さん、どんなまじないを使ったらあんなふうになるのかしら」

綾が気味悪そうな顔をする。

「つつじの花に、夏になったのを気付かせないようにするのよ。そのつつじは、今もまだ春だって思ってるのよ。なんだか今日は春にしては暑いなあ、でもまあいいか、ってね」

花が楽し気に言う。

「夏になったのを気付かせないようにする、って……。そんなことってできるの？」

綾が首を捻る。

「この世には、ときどき草花と話せる奴、ってのがいるらしいからねえ。もしかしたら助左衛門もそれなのかもしれねえぞ」

与吉が冗談めかして言う。

「ええっ、それがほんとうなら素晴らしい才ね。これほど長く花を咲かせるつつじなんて、聞いたことがないわ。干鰯問屋さんなんてやめて植木屋さんになれば、きっと大儲けよ」

「嬉しいことを言っていただけますね」

おはようございます、と皆に挨拶しながら助左衛門が入って来た。

「おはよう、助左衛門。朝餉の支度ができているよ。今日はわかめと豆腐の味噌汁だよ」

芳はまるで実の息子が寄ってくれたかのように、嬉しそうな顔をする。

「助左衛門さん、いったいどんな技を使ったらこんな花ができるんだい？」

峰は訊いた。

「風通しのよい日陰に置いて、丹精込めて世話をするだけですよ。少しでも長く花を見せておくれね、まだ夏にはなっちゃいないよ、なんて優しく声を掛けながらね」

「ほら、じいちゃんが言ったとおりだ」

「お花が言ったとおりね」

与吉と花が顔を見合わせて頷く。

「しかしあんたの才は見事なもんだな。今日にでも下谷の植木屋に案内するさ。お峰も一緒に行けるだろう？」

「ええ、今日は土台の作事の日なので、私は暇があります。植木屋を覗くのは久しぶりです」

日比谷の柏木家のお屋敷にいた頃は、さほど広くない庭にも常に庭師が入って手入れをしていた。父が生きていた頃は一緒に植木屋に出向き、庭に植える花を選ぶこともあった。

「わあ、それは楽しみですねえ。楽しみでたまりません！」

助左衛門は顔を綻ばせた。

「皆さん、おはようございます！」

ふいに、戸の向こうで聞こえた声に、皆の動きがぴたりと止まった。

返事を待たずに戸ががらりと開く。

「門作！　ずいぶん久しぶりだね！」

現れたのは峰の弟の門作だ。

「ああ、姉上！　ご無沙汰しておりまして申し訳ありません！　作事の修業に励んでおりますと、一日一日はうんざりするほど長いのに、十日、二十日が過ぎるのはあっという間でして……」

「今日は、その作事の修業のほうはいいのかい？」

久しぶりの弟の顔に、思わず声が華やぐ。

「叔父上の許で学びを始めて一年、初めての休みをもらいました。しばらくぶりに少しくらい羽を伸ばして来い、なんて言ってもらえましてね」

「あの叔父さんが、そんな優しい言葉を掛けてくれたのかい？」

「はい、実のところは、叔父上が一月ほどお伊勢参りの旅に出ることになりまして。その間だけは、私の首元に括り付けた鎖を外しておいてくれると、そういうわけでございます」

「へえ、そうかい。叔父さんはずっとお伊勢参りに行きたがっていたもんねえ」

「志摩の文六さんが手配をしてくださったそうですよ」

「小さい頃に会いにいったあの文六さんかい！　ずいぶんのお年のはずだけれど、まだ壮健なんだねえ」

姉弟同士でしかわからない話を続けてしまったのに気付き、はっと皆を見回す。

皆、にこにこ笑いながら二人を見ていた。

「助左衛門さん、こちら、門作。私の弟だよ」

慌てて紹介する。

「はじめまして、助左衛門と申します。生家の関宿の干鰯問屋俵屋から、お江戸に店を出す土地探しに参りました」

「へえ、それじゃああなたは大店の跡取り息子さんということですね。それはそれは、傍から見るよりもずっと気苦労が多いでしょう」

「わかっていただけますか」

助左衛門が親し気に応じた。

「ええ、もちろんですとも。私も日々作事の支度に身を包んで、鑿や鋸を使っておりますが、ほんとうのところは胸のほとんどを漢詩への憧れが占めております。漢詩を想うこの身を少しでも健やかに永らえさせるために、日々働いているようなものです」

「それは、まるで私の植木のようなものですね」

「植木？　もしかして、表の季節外れに咲き誇るつつじはあなたが？」

「ええそうです。あれにはコツがあるんですよ」

二人の若者は、すっかり打ち解けた様子で話し出す。

「いやあ、よく似た顔が揃ったもんだねえ」

与吉が苦笑いを浮かべる。

「門坊、そうしたらしばらくお屋敷を離れてゆっくりできるんだね。なら、朝餉と夕餉はうちに顔を見せにおいでね」

芳は、朝飯はまだかとも聞かずに、早速、門作の分の飯を用意し始める。

「ねえ、お峰ちゃん、門坊、ずいぶん変わったわね。身体もできたし声もよく通る。きっとしっかり修業に励んでいるのね」

綾が耳打ちする。

「そうだといいけれどねえ」

口では精いっぱいつれないことを言ってみるが、峰の目から見ても門作の成長は明らかだ。

峰が市井で普請の仕事に精を出していた間、門作も小普請方柏木家の跡取りとなるべく並みならぬ努力を続けていたのだろう。

「門作、今日は、助左衛門さんを連れて与吉さんと植木屋に行こうって話していたんだ。門作も一緒にどうだい？」

「それはそれは、もちろんご一緒しますとも！」

門作は日に焼けた顔で、真っ白な歯を見せて笑った。

2

神田横大工町から目当ての植木屋がある下谷までは、一刻(いっとき)ほどかかった。

目指す通りに近づくにつれて、早咲きの花を守るために使われる唐むろの姿が目立つ。

「こ、これは……」

助左衛門が目を丸くした。

通りの店先に赤、橙、黄色、白の色鮮やかな菊の鉢植えが咲き誇っていた。

菊の開花の時季にはまだ早い。

それなのに、どれも男の掌くらいの大きさがあり、作り物と言われたほうが納得してしまうくらい整った花ばかりだ。すべての花弁の大きさが揃って染み一つない。

白粉のように微かに苦みを感じる香りが、通り一帯に漂っていた。

「なんと、ずいぶんと気が強そうな菊の花ですねえ。まるで夜に咲き誇る花魁のように、気位が高くて艶めかしい菊です」

門作が物書きらしく少々捻ったことを言ってみせて、感心した顔をする。

「い、いったいどうすれば、こんな見事な菊の花を咲かせることができるのでしょうか」

助左衛門は目の前に広がるものが少しも信じられない様子だ。

「喜んでくれたようだねえ。連れてきた甲斐があるってもんさ。おうい、楽市！」

与吉がひとつの店先で声を張り上げた。

「何だい？」

しばらくしてから戸が開いて、よく日焼けして引き締まった身体をした、少々強面の男が現れた。年のころは四十くらいだろう。

美しい花を咲かせる才に溢れた園芸屋であると同時に、今も植木職人として近隣の大名屋敷の庭に頻繁に出入りしているに違いない。

峰の仕事に関わる職人たちに通じるものがあって、親しみが湧く姿だ。

「与吉さんかい！　ずいぶんと久しぶりだねえ。息災にしていたかい？」

男の顔つきが緩む。

「みんな、楽市だ。お芳の遠縁だよ」

気安い様子で紹介する。

「今日は、関宿からお客さんを連れてきたのさ。こちらは助左衛門。植木が何より好きでね。参道の出店で買ったつつじの鉢植えに、未だに花を咲かせちまうことができるんだ」

「はじめまして！　俵屋助左衛門と申します！」

助左衛門がぺこりと頭を下げた。

その頬は紅潮していて、目は潤んでいる。

憧れの人に会う乙女のような顔つきだ。

「へえ、あんた、つつじをやるのか。つつじってのは、とにかく間引きが大事だからな。この時季になっても花を保っていられる、ってことはずいぶん工夫したな？」

「は、はいっ！　鉢を回してまだ涼しい早朝だけ陽を当てるように気を付けて、間引きの花を一つ一つ選ぶんです。間引きが必要な花は、陽に透かすと色が薄いのですぐにわかります」

助左衛門が早速、早口で話し出した。

「それはあんたがひとりで思い付いたのか？」

「ええ。幾年もかけて、幾度も失敗をして、どうにかこうにか編み出した方法です」

傍で聞いている与吉と峰、それに門作は何のことやら少しもわからない。

「あんた、ほんとうに花が好きなんだな。せっかくだから、奥のとっておきも見て行くかい？」

そのうち、楽市が助左衛門を店の奥に招き入れた。

与吉と門作と峰のことは、二人ともきれいさっぱり忘れ去っている。

「いやあ、よかった、よかった。ってことで、俺は仕事に戻るとするかな。実を言うと近くの長い付き合いの小間物屋に呼ばれていてね。お得意さんのところで普請が必要とかどうとかね。楽市のところはそのついでさ」

与吉は苦笑いを浮かべているが、嬉しそうだ。

「もちろん、そうしてくださいな。助左衛門さんのことは、私たちできちんと送り届けますので」

峰は門作と己を交互に指さした。

店の奥から、「なんと見事なのでしょう。まさか氷室を使うとは思いもしませんでした……」という助左衛門の声と、楽市の得意げな笑い声が響く。

「それでは姉上、久しぶりに二人で散歩でもいたしましょうか。積もる話もございますし」

門作が人懐こい顔で笑った。

3

下谷の畦道を門作と並んで歩く。

「しっかりやっているようだね。あの弱虫の門作とは思えないよ」

「姉上？　どうなさいましたか？　普段の恐ろしい姉上からは考えられないお優しいお言葉ですね」

門作がおどけた様子で肩を竦めた。

生まれ持った体格のせいか男にしては手足が細いほうかもしれない。だが筋が漲って見違えるようだ。

何より背筋がしゃんと伸びている。足取りが力強い。

お江戸の町を二人で歩いた一年前とはまるで別人のような姿に、安心の気持ちが胸にふつふつと湧く。

門作、私はあんたが誇らしいよ。

胸の中だけで呟いた。

大事な跡取り息子のあんたがこんなふうにちゃんとしてくれたならば、柏木の家は安泰だ。おとっつぁんもおっかさんも、あんたの成長を、草葉の陰で泣いて喜んでいるに違いないさ。

「……私は、姉上のことが羨ましいです」

門作が急にぽつりと言った。

「羨ましい、だって？　いきなり何を言い出すんだい？」

「女に生まれた姉上が、羨ましくてなりません」

峰は呆気に取られて門作の顔を見つめた。

武家のお姫さまとしてお家から求められた女らしいことを一つもできず、挙句には屋敷を飛び出して市井の職人仕事をしている身だ。

女だからと居心悪い思いをするのは覚悟の上だった。だがいざ働き始めるとこのお江戸は、屋敷の中よりもずっと暮らしやすかった。

心からほっとした。嬉しかった。けれどもそれは常に、女なのに嫌な思いをすることがなくてよかった、という後ろ向きなものだ。

女に生まれてよかった、得をしたと感じた事は一度もない。

「どこがどう羨ましいのか訊かせておくれよ」

両腕を前で組んだ。

「男の道はただ一つです」

「さすが、格好いいことを言うねえ」

「姉上、私は至って真面目に話しております」

門作に窘められ、峰は鼻から息を吐いて「悪かったよ」と頷いた。

「男は生まれてから死ぬまで、まっすぐにただ一つの道を進み続けなくてはいけません。己の仕事に誠心誠意打ち込み、妻子を養い、老いては若者を育てる。そんな道がかっちりと決まっております。どこかで失敗すれば、落伍者として生きるのみ

「確かにそうかもしれないね。窮屈そうなのは認めるよ。けど、その分、女にはどれほど願っても手に入らないものが、男ならばすべて手に入るんだよ？」

「そんなもの、地位、名誉、金、といったところでしょう？　世の皆がとりあえず憧れるだけのものです」

「みんなが憧れるものは良いものじゃないのかい？」

「違います。地位や名誉や金なんてものは、赤ん坊のおもちゃのようなものです。己がほんとうに何を欲しているかわからず、赤ん坊のようにむずかっているだけの者が求めるものです」

「へえ、それじゃあご高尚なあんたは、いったい何が欲しいんだい？」

いかにも門作らしい面倒な言い回しに、だんだん苛立ってくる。

「こうして姉上と話すように心安らぐ者との関わりが。そしてより多くの己との関わりが欲しゅうございます」

「漢詩はやめちまったのかい？」

「まさかまさか、嫌ですねえ姉上。それがつい先ほど〝己との関わり〟と言い表した部分ですよ」

子供の頃のままに人懐こい顔をする。

「まだるっこしい言い方をしないでおくれよ。つまり仕事が忙しすぎて、もっと本を読んだり漢詩を書いたりする暇が欲しいってことだろう？」

門作がぷっと噴き出した。

「そうです。その通りです。男というのはまったく暇がなくて窮屈なもんですね。これから齢を重ねて妻を娶る羽目になったりでもしたら、もっともっと暇がなくなります。私はいったいどうしたらいいのでしょう」

「暇を作る方法なんて、私にはわからないよ」

やれやれとため息をついた。

だが、さほど深刻そうではなくこんな話ができるということに、やはり門作は職人としてぐんと成長したのだと感じる。

「けど、所帯を持つことについてはもう少ししっかり考えたほうがいいんじゃないかい？　己の暇がなくなる、なんて勝手なことを思われていると知ったら、きっと相手の娘さんは悲しむよ」

「……確かにそのとおりですね」

「本来ならば、私が叔父上に忠言をしながらあんたの嫁探しをするのが筋なんだろうけれどね。力になれなくて悪かったよ」

「相変わらずそうあっさり『悪かったよ』なんて仰いますが、姉上が急にいなくなって、柏木の家はどれほどたいへんだったか……」

困ったように笑って言いかけて、ふいに門作が何かに気付いた顔をした。

「そういえばあの助左衛門ですが、もうどれほどお江戸におりますか？」

「最初に顔を見せたのは、まだ春先だったね」

峰は顎に親指を当てた。

季節は夏になり、秋になろうとしている。

「家業を背負ってお江戸の土地探しにやって来たというのに、ずいぶんとのんびりしておりますね」

「与吉さんも、それに最近知り合った仲三さんって手配師も、一所懸命に探してくれているんだけれどね。なかなかいい場所が見つからないんだ」

つい先日も、仲三は浅草寺近くの土地の話を持ってきてくれたばかりだ。だが、助左衛門としてはいまいち乗り気になれなかったようで、日当たりやら人の流れやら玄関口の向きやらに妙な拘りを見せてもたもたしているうちに、他の客に取られてしまったのだ。

「それは、いい場所、というのがどんなものなのか、助左衛門自身がわかっていないからかもしれませんね。他人事といえば良いでしょうか」

「あんたの言うとおりさ。助左衛門は、いつもどこか身が入っていないのが気になっていたんだよ」

「植木のことでしたら、あれほどまでに熱くなることができますのに。同じような心意気で干鰯問屋さんのお仕事に奮闘すれば、それで済むものを」

「そういうところが誰かによく似ているだろう？　だから放っておけなくてね」

「姉上、それはいったいどなたのことでしょうね？」

わざととぼけて目を逸らした門作が、ふと不思議そうな顔をした。

「与吉さん、そんなに急いでどうされました？」

道の向こうから、与吉が早足でこちらに向かってきた。大きく腕を振り回している。

「おうい、お峰、仕事だ！　新しい仕事の話だ！」

「は、はい！　わかりました！」

長い付き合いの小間物屋に出向くと言っていたので、そこで仕事の話が出たのだろう。

「門坊、お前も手が空いているな？　大急ぎの仕事だ。手伝っておくれよ」

「私もですか？　ええ、もちろん構いませんが、そんなに大急ぎの仕事とはいったいどんなものですか？」

　門作が首を傾げた。

「がらくた部屋の片付けさ。塵の山に埋もれたお嬢さまのお部屋を、今日の昼過ぎまでに片付けなくちゃいけねえってことよ」

「塵の山に埋もれたお嬢さま、ですか？」

　峰と門作は顔を見合わせた。

4

　与吉に連れられて出向いたのは、神田川の流れを臨む神田佐久間町にある福屋という傘問屋だった。

「こんにちは。差配の与吉でございます。駒屋さんからのお話で参りました」

　与吉が女中に声を掛けた。

「駒屋さんですか。それではお嬢さまへのご用事でございますね」

　女中の言葉が終わる前に、

「お待ちしていましたわ！　私、千代と申します」

年の頃十五、六のかわいらしい顔立ちの娘が、奥から飛び出してきた。

「駒屋さん、必ず間に合うように頼んでくださると言っていたんだけれど。それを信じてお待ちしているうちに、ついに今日になってしまって。いったいどうしたらいいのかしら、って、朝からずっとそわそわしてこのお屋敷中を走り回っていたんです」

高い声で早口で喋る。

若さで光り輝くような生気に満ち溢れた娘だ。

着物の柄は流行の黄色味の小紋で、髪には珊瑚の玉簪だ。

お洒落で明るくおまけに器量よし。千代は福屋の自慢の娘に違いない。

と、ここまで思ったところで先ほど与吉から聞いた〝塵の山〟という言葉が胸を過る。

「お父様がお帰りになるまでに、お部屋の片付けをされたいとのことでしたね」

「ええ、そうよ。私、お父様が仕入れの旅に出られる十日前に、ついに約束をさせられてしまったの。今日の夕刻に戻られたときまでにお片付けができていなかったら、もう二度と駒屋さんでお買い物をしちゃいけない、って」

千代が悲痛な顔をした。

「夕刻までに間に合うかしら？　もし間に合わなかったら、駒屋さんでお買い物ができなくなっちゃう。私、悲しくて死んじゃうわ」

「もちろん終わらせていただきますよ。さあさ、急いでお部屋に参りましょうね」

にじり寄る千代を宥めつつ、与吉は花をあやすときのようににっこり笑った。

長い廊下の先を進んで千代の部屋の前に辿り着いた。襖には娘の部屋らしく華やかな御所車が描かれている。

「職人さん方、覚悟はよろしいですね？」

千代が強張った顔をしてから、勢いよく襖を開いた。

「うぐっ」

門作が唸った。

峰は慌てて肘鉄を喰らわす。

目の前に広がるのは峰の腰のあたりまで埋まる、想像よりもはるかに巨大な〝塵の山〟だった。

よくよく見ると一つ一つは、人形や髪飾り、簪や美しい端切れや化粧道具など、どれもいかにも若い娘が好みそうな色鮮やかなものばかりだ。

だが乱雑に放り出されているせいで、すべてが〝塵〟としか見えない。

千代は獣道のような隙間を通って、どうにかこうにか部屋の真ん中の寝床のような隙間へ辿り着いた。

「とにかく急いで片付けてくださいな。そしてお父様に機嫌を直していただけるような綺麗なお部屋にしてください」

両手を合わせて祈る顔だ。

「わかりました。早速、取り掛からせていただきます」

与吉が軽口を叩かないというのは、相当切迫した状態だということだ。

「それでは私も始めさせていただきますね」

峰も慌てて腕まくりをした。

「あ、ちょっと待ってくださいな。お片付けの際に、一つだけお願いがあるんです」

千代が付け加えた。

「ここにある物、一つも捨てないでください。どれも私の大のお気に入りの小物ばかりなんです」

与吉の動きがぴたりと止まった。

「と、申しますと……」

「この部屋にしまう場所がないのはわかっています。だからすべて壊れたり破れたりしないように大事に並べて、蔵に隠していただけますか？」

「うぐっ」

今度は与吉が唸った。

つまり、この部屋に滅茶苦茶に詰め込まれたものを一つ一つ取り出して、まるで買ったばかりときのような姿で蔵に並べなくてはいけないということだ。

塵の山をただまとめて捨てるだけならば、その後に部屋を整える手間を考えても、三人がかりなら半刻もあればじゅうぶんのはずだが——。

だが与吉はさすがの年の功で、直後に大きな笑顔を浮かべた。

「お任せくださいませ！」

「よかった。夕刻までにどうぞよろしくお願いいたします」

「ええ、もちろん終わらせていただきますとも！」

与吉の自棄になったような声が響く。

「お峰、俺たちは力仕事だ。普段の倍の力と手間をかけて、この部屋のものを丁寧にゆっくり蔵へ運び出すんだぞ」

「はいっ！」

壊してはいけないものを運ぶゆっくりの動きというのは、力任せの跳ねるような素早い動きよりもはるかに筋を使う。

峰は大きく肩を回した。

「門作は蔵を任せたぞ」

「ええ、お任せください。暗くて静かな場所での細かい仕事は大の得意です」

門作もたいへんなことになったという顔をしている。

「ありがとうございます！　ああ、よかった。駒屋さんでお買い物ができなくなっちゃったら、私、生きていても楽しいことなんて何もないんですもの」

「お嬢さま、どうぞお買い物くらいで生きるや死ぬなんて、物騒なことを仰らないでくださいませ」

身体を動かし始めた途端に喋る余裕が出てきた様子で、与吉が窘めた。

「まあ、ほんとうなのよ。女にとって、お買い物ってとても大事なことなんですから。お姉さんならわかっていただけますわよね？」

峰に親し気な目を向ける。

「ええっと、そうですね。買い物ってのは面白いもんです」

正直なところをいうと、峰にはこんなにたくさんのものを買い込みたい千代の胸の内はさっぱりわからない。

風呂敷を広げて手早く小物を積み上げながら、どうにかこうにか取り繕う。

「そう、お買い物ってとっても面白いのよね」

千代は得意げに言ってから、急にしゅんとしたように黙り込んだ。

5

それから夕暮れどきまでの間、峰と与吉と門作の三人は、ひとときたりとも手を止めることなく働き続けた。

部屋じゅうのものを運び出して蔵に並べ、部屋に溜まった埃を掃き清め、完全に埋まっていた屛風と半分埋もれていた布団を引っ張り出して、至ってまともな娘の部屋らしく寝床を整えた。

三人とも汗まみれになって働きづめて、福屋の主人が出先から戻る前にどうにかこうにか部屋の片付けを終わらせることができた。

「まあ、ありがとうございます。見違えるように素敵なお部屋になりました！　これでお父様も満足いただけるに違いありませんわ！」

すっかり片付いた部屋を目にした千代は、飛び上がって喜んだ。

「それはそれは……よござんした。それほど喜んでいただけますと……奮闘した甲斐がございます」

与吉は息も絶え絶えの様子だ。仕事に取り掛かる前よりも一回り小さく萎びて見える。

「蔵のほうも、ぜひともご覧になってくださいませ。まるでお店のように美しく並べてありますよ。わたくしの血と汗の結晶でございますからね」

門作もげんなり疲れ切った顔をしている。

「とても嬉しいわ。これからも、月に一度は皆さんにお片付けをお願いしてもよろしいかしら？」

千代は無邪気にぱちぱちと手を叩く。

「ちょ、ちょっとお待ちください。お千代お嬢さま、さすがにそれは難しいご相談です。このお峰も門作も、普段は己の仕事を持っております。今日は駒屋さんから、どうしてもお急ぎの話と伺いましたので、特別に伺ったというわけですからね」

与吉が引きつった顔をした。

毎月この勢いで仕事をしたら与吉は倒れてしまうだろう。

「それにわざわざ私どもに頼まなくとも、日々少しずつのお片付けでしたら、女中さんに申し付けるのがお気楽でございますよ」

千代のような金持ちの娘ならば、それが普通のことだ。

「駄目よ。女中には頼めないの」

千代がきっぱりと首を横に振った。

「なぜでございますか？」

「私がこんなにたくさんのお買い物をしていると知ったら、女中たちはきっと私のことを嫌いになってしまいますもの。みんなが福屋で働く気を削ぐような真似をするわけにはいきません」

千代が寂し気に目を伏せた。

己の買い物が常軌を逸しているということは、じゅうぶんにわかっているようだ。

峰と与吉は顔を見合わせた。

もしかすると、この千代という娘は、ただ甘やかされ放題で欲しいものを買い集めて燥(はしゃ)いでいるだけではないのかもしれない。

「お千代お嬢さんのその気配りは間違っていないと思いますよ。お若いのにしっかりした考えをお持ちですね」

峰は千代に微笑みかけた。

「え、そうかしら？　しっかりしているなんて、これまで誰からも言われたことがないわ」

少し年上で同じ女の峰に褒められて嬉しいのだろう。千代は親し気にはにかんだ。

「お千代お嬢さん、どうでしょう？　もし女中さんには頼めないようでしたら、これからは己でお片付けを習慣にしてみてはいかがでしょうか。きっとお千代お嬢さんでしたら、コツを摑めばすぐにできるようになるはずですよ」

ほんとうに「すぐにできるようになる」かどうかはわからない。だが、年頃の娘がいつまでもあんな部屋で暮らしていてはいけないのは間違いない。

峰の胸に塵の山がちらつく。

「それは無理です。だってこの部屋は、私がお買い物をするたびに、どんどん、どんどん、物が増えていくんですもの」

千代が頭を抱えた。

「そのお買い物のほうを我慢する、ってわけには行きませんかね？」

与吉が訊く。

「それはもっと無理です！　お買い物がなくちゃ、私、生きる意味なんてどこにもないの！　そうしなくちゃいけないんだったら死んだほうがましです！」

また並外れて強い言葉を使う。

与吉が目を丸くした。

これはいったいどういうことだ？　というように峰に目を向ける。さすがの与吉もお手上げの様子だ。

「でしたら、姉上が普請をして差し上げればいいのではないですか？」

手拭いで汗を拭きつつ呑気な声を出したのは門作だ。

「普請？　このお部屋を変えるのですか？」

千代が首を傾げた。

「ええ、こちらの方は私の姉上。お江戸の皆さまのお住まいの普請を請け負う、腕利きの女大工でございます。きっと姉上にお願いすれば、お千代さんがお片付けをしたくなるような素敵な普請を考えていただけるはずですよ。ね？　姉上？」

門作、なんて面倒なことを。

峰はちらりと門作を睨む。

門作はいかにも面白そうににこにこ笑っている。

「お片付けをしたくなるようなお部屋、なんてできるのでしょうか？」

千代が峰に縋るような目を向けた。

峰は与吉と顔を見合わせる。与吉が頷く。

「はい、もちろんです。お任せください。お千代お嬢さんのお部屋の普請、私が請け負わせていただきますよ」

この場で私にはできません、なんて答えられるはずがない。

「わあ、ぜひともお願いいたします！」

千代が両手をちょこんと合わせた。

「お千代さん、よかったですね。姉上が普請に入ればもう大丈夫です。姉上にお部屋を整えていただければ、金輪際、生きるだ死ぬだなんて物騒なことをお口に出すことはなくなるはずです」

門作が少し真面目な顔をした。

6

「塵の山の大掃除ですか！　それはそれは、お二人とも大変なお仕事をされていたんですね」

助左衛門は、楽市に土産に持たせてもらった巾着袋を大事そうに懐に抱く。中には珍しい花の種が入っているらしい。

今日の助左衛門はお江戸に来てからの鬱々としたものがすべて晴れたような、すっきりとした顔をしている。よほど楽市の植木屋で過ごした時が楽しかったのだろう。

「大変も大変でしたよ。あの与吉さんが、今日は疲れたからもう戻るなんて言って先に横大工町へ帰っちまったんですからね」

峰は肩を竦めた。

「そのお方は、傘問屋の大店のお嬢さんだそうですね。笑って聞けないお話です」

助左衛門が声を潜めた。

「実は私の母が、ほんのひとときだけそのように買い物に熱中したことがありました。母の齢ともなりますと、ご贔屓の店は小間物屋さんなんて可愛いもんではございません。行商の呉服屋が入れ代わり立ち代わりやってきては、目玉が飛び出るような値の張る反物を次々に勧めまして、部屋中が反物の山です。しまいには父がこの家に呉服屋は出入り禁止にする、と宣言するような大騒ぎになったんですよ」

「……お母さまが、ですか。それはお困りでしたでしょう」

門作が驚いた顔をした。

己の親の醜聞を語っているにしては、助左衛門の口調は呑気だ。

「いえいえ、ほんのひとときのことでしたよ。本来の母は、俵屋の女将としていつだって懸命に働く、根っからの商売人ですからね」

「そのひととき、というのはいったいどんな出来事があったんですか？　私たちが聞いても平気なお話でしたら、ぜひ教えてください」

聞いていい話のはずがないだろう、と峰は慌てて門作に首を横に振ろうとした。

きっと助左衛門の母は、心が乱れるひどく悲しい出来事があったに違いない。

「ええ、もちろん構いませんよ。あの頃の母は、階段から足を踏み外して膝を傷めましてね。二月ほどはうまく歩き回ることができなかったんです」

「足のお怪我………でしたか」

門作が拍子抜けした顔をした。

「せっかちな人ですから、暇を持て余してしまっていたんでしょうね。今では憑き物が落ちたように買い物のことなぞすっかり忘れて、倹約に励んで暮らしていますよ」

助左衛門が笑った。

「なるほどね……」

峰は顎に手を当てて頷いた。

ふいに助左衛門が声を上げた。

「あれっ？　誰かに呼ばれたような気がしましたが」

きょろきょろと周囲を見回す助左衛門に倣って、峰と門作も振り返る。

「おーい、助左衛門さん。お峰ちゃん、それに門坊も」

少し離れた畦道に綾がいた。大きく手を振っていた。

横には手配師の仲三の姿がある。

「おやおや、どうもどうも初めまして。あなたがお綾さんの大事なお方ですか。いやあ、弟分としてはなんだか嬉しいなあ」

「へ？　門作、あんた何言ってるのよ！」

綾が慌てた様子で門作の背をぴしゃりと叩いた。

「仲三さんが助左衛門さんに用があるっていうから、楽市さんのところの帰りなら、きっとこの道を通るはずだと思って迎えにきたのよ」

顔を赤くしてぷりぷり怒っている。

「仲三さんが私に御用ですか？　それはつまり……」

助左衛門の目に期待の光が宿った。

「深川に、俵屋さんにぴったりのいい土地を見つけてね。長年そこで商売をしていた味噌(みそ)問屋さんが急に引っ越すって話でね。あそこならば店構えの大半をそのまま使えそうじゃないかってね」

仲三は決して〝店じまい〟や〝潰(つぶ)れた〟ましてや〝夜逃げ〟なんて不吉な言葉は使わない。前の住人たちはあくまでもどこかへ〝引っ越す〟のだ。

出物と呼ばれる場所は、何らかの売り急ぐ事情がある。

すっかり隠しておいて、後から近所から聞けば嫌な思いをする。かと言って最初から安値の理由を詳(つまび)らかに伝えては、買う気が失せる。

どこまで買主に伝えるかは、手配師の腕次第だ。

「深川ですか！　それも問屋さんのお店構えということでしたら、それほど都合が良いことはありません」

「よしっ！　こういうことは早ければ早いほどいいんだ。今すぐにでもお連れしたいところなんだが、生憎(あいにく)もう空は夕暮れだからね、明日にでも早速見に行こう。きっと気に入ってもらえると思うよ」

「ええ、どうぞよろしくお願いいたします！」

仲三と助左衛門が頷き合った。

「……その用事でしたら、明日の朝いちばんにもう一度横大工町に出向いていただければ、それでよかったかと思われますが。わざわざお綾さんが仲三さんを連れて一刻の道のりをやってくるなんて手間は、面倒でしかありません」

門作が夕暮れ空を見上げて、峰だけに耳打ちした。

「……お綾ちゃんには、ちっとも面倒じゃなかったんだろうさ」

峰は肩を竦めた。

与吉はそうそう己の仕事の用事を綾に頼んだりはしない。

きっと綾のほうから何かのついでに、と仲三の案内を申し出たのだろう。

「二人とも、何をこそこそ話しているの？」

綾が太い声で割って入った。

「い、いいえ。別に。助左衛門さん、良い土地が見つかるといいですねえと話しておりました。ね、姉上？」

「ああ、そうだよ。それだけさ」

二人で揃って首を横に振った。

7

「さあさあ、たんとお食べ。門坊が夕飯にいるなんてなんだか不思議だねえ」

芳が麦飯を茶碗に山盛りにして皆に渡す。

「いやあ、お芳さんの手料理は何から何まですべて絶品ですね。特にこの厚揚げの煮つけ、味がよく染みているのに少しもくたりとせずに嚙むと油がじゅっと広がって、これほど美味しい煮つけはお店でもそうそう食べられません。夢にまで見たこの味です！」

門作は大喜びで忙しなく箸を運ぶ。

「まったく門坊は大仰だねえ」

芳が照れくさそうに笑った。

「助左衛門さん、あなたは恵まれていますよ。お江戸でこんなに美味しい夕飯を、毎晩食べられるなんて幸運はそうそうありません」

「ええ、ええ、もちろんわかっておりますとも。私が幾度、頰っぺたが落っこちたか門作さんはご存じないでしょう」

助左衛門も負けじと飯を搔き込む。

「ああ、美味しい。お芳さん、いつもほんとうにありがとうございます」

今日の助左衛門は普段の倍くらい食べている。

「今時の若い人、ってのは気持ちいいもんね。美味しいものは美味しい、ってきちんと口に出して、こんなに喜んでくれるんだから」

綾がちらりと与吉を横目で見た。

「なんだい、お江戸の男は、女房相手に余計なことをぺらぺら喋らねえもんって決まりさ」

与吉が口元を蛸のように窄めた。

「そんな決まり聞いたことないわ。それにおとっつぁんは〝余計なことは喋らない〟なんて職人気質でもあるまいし。たまにはおっかさんに、『いつも美味しいご飯をありがとう』ってくらい言ったらいいのに」

「へえっ？　そんな優男みてえなことまっぴらさ」

与吉が二の腕の鳥肌を擦る真似をしてみせる。

「お綾、やめとくれよ。急にそんなことを言われたら私も、この人はもう長くないんじゃないかって、心配になるさ」

芳が含み笑いで首を横に振った。

「もう、おとっつぁんは……。己の気持ちって、きちんと伝えようと思わなくちゃ伝わらないもんなのよ。大事な人には、大事なことは、きちんと言葉にしなくちゃ駄目よ」

まるで若い娘のようなことを言う。

峰がきょとんとして顔を上げると、綾が「なあに？」と急に決まり悪そうな顔をした。

門作がしみじみ頷いた。

「お綾さんの今の言葉、たいへん学びになります。いずれ妻を娶ることになりましたら、必ずそのように暮らします」

「妻を娶る、だって？　門坊、あんたもうそんな話があるのかい？」

芳が身を乗り出した。

綾も、与吉も、素早く顔を見合わせる。

ここの家の皆が、以前の門作の恋路の悲しい顚末を覚えていないはずがない。

「そういえば、さっき二人で歩いていたときもそんな話をしていたね」

先ほどは世の常の話をしているのかとばかり思って、聞き流していた。

「ええ、実は、叔父上からいくつか話をいただいているんです。姉上、先ほどはうまく話せず申し訳ありません。私にとっては、まだ少しも実感のない話でありましたので」

門作が姿勢を正した。

「やっぱりそうだったんだね」

叔父の文十郎は峰にも嫁入りを熱心に勧めた人だ。

あの調子でしょっちゅうせっつかれているとすれば、きっと煩くてたまらないだろう。

「相手はどんな人だい？」

「作事方の娘とのことです。たいへん美しく控えめで己を誇示しようなぞとは毛頭思わず、女とは常に男の後ろを歩き、夫を支えるものであるとわきまえた、聡明なお方だそうです」

門作がいかにもつまらなそうに言った。

「何よそれ？」

思ったとおり、綾が険しい声を上げた。

「私が言ったわけではありません。叔父上のお言葉です」

「門坊はそれを聞いてどう思ったのよ？」

「そうですねえ」

門作が視線を天井に向けた。

「背負うものが増えて身も心も重くなるなあと。それだけを感じました」

「そうよ、そのとおりよ。ぜったいにそんな人と所帯を持っちゃ駄目よ！」

「お綾、おやめよ。人様のお家のことに余計な口出しをするでないよ」

芳が窘めたが、綾はちっとも聞こえていない顔だ。

「わきまえた聡明なお方、ですって？　そんな古臭い女まっぴらよ。いい？　門作、男と女のことをいかに己にとって都合がいいか、ってだけで考えたらきっといつか罰が当たるんだから」

「何をそんなにかっかとしているんだい？　お前が嫁入りするわけじゃないんだよ。ねえ、お花？」

芳が花の頭を撫でた。

「おかあちゃんがお嫁入りしちゃったらたいへん！　お花のおかあちゃんじゃなくなっちゃうわ！」

花がおどけた様子で目を丸くすると、皆が笑った。

峰はおやっと思う。

せっかく皆が笑っているのに、綾の顔は真っ赤になって仏頂面だ。

「門坊、私が思うにはね。そのお方が良い人か悪い人かなんて、今聞いた話だけでは決してわかりはしないよ」

芳が静かに言った。

「大人しくて己をうまく表せないのも、逆に負けん気が強いのも、そんなことはすべて相手のあることさ。誰だって相手次第でどうにでも変わる。気を付けて見なくちゃいけないのは、その人の己自身さ」

「〝己との関わり〟ですね」

門作が、以前峰に言った言葉を繰り返した。

「そうさ。一緒に暮らすなら、己が満たされた人を選ぶようにすれば間違いないよ」

「お芳さんの言う満たされた人、というのは、欲しいものが何でも手に入り何不自由なく暮らしているお姫様、という意味ではないですよね？」

門作が考え深そうな顔をした。

「そのとおりさ。私が言う満たされた人、ってのがどんな人なのか、もう少しじっくり考えてごらん」

門作の言葉に、昼間の千代の顔が浮かぶ。

「……わかりました」

門作が芳を、それから与吉の顔をじっと見てから神妙な顔をして頷（うなず）いた。

8

「この家の皆さんはほんとうに温かいですね。久しぶりにたくさん笑って、力が漲りました。では姉上、また明日お会いしましょう」

ご機嫌な顔で挨拶をする門作に、峰はふっと笑った。

「門作、あんた明日もここへ来るつもりなのかい？」

「お邪魔でしょうか？」

門作が眉を八の字に下げる。

「どうだろうねえ。皆のあの顔を見たらわかるだろう？」

峰がわざと面倒くさそうな顔をしてみせると、門作は嬉しそうに微笑んだ。

「ではでは！」

手を振って夜道に消えていく背を見送ると、ふいに長屋の部屋の前の人影に気付いた。

「わっ！　助左衛門さんかい。驚いたよ。そんな暗がりで何をしてるんだい？」

「驚かせてすみません。夜の花の手入れをしておりました」

振り返った助左衛門の右手には握り鋏、左手には切ったばかりのつつじの花をたくさん握っている。

「その花、間引いちまったのかい？　私の素人目には、ずいぶん綺麗に咲いているように見えるけれど」

「裏側に白い斑点ができてしまっているんです。つつじに季節外れの無理をさせているのはこちらなので、申し訳ないのですが」

助左衛門が「せっかくなので、お峰さんが愛でてあげてくださいな」と色鮮やかな赤い花をいくつか差し出した。

「ええっと、どうしたらいいんだろう？　花をもらったのなんて初めてだよ」

峰は目を丸くした。

「髪に差してはいかがでしょう？」

「まさか！」

大きく首を横に振った。

そんな可愛らしい装いは己に似合うはずがない。

「ではこうして、顔を埋めてみてください。心が安らかになって、胸の霧が晴れますよ」

助左衛門が掌一杯の花弁に頬を寄せた。

まるで幼子のような助左衛門の表情に、峰も釣られて同じように花に顔を近づけた。

甘い蜜の香りと苦い葉の香り、それに土と雨粒の匂いの入り混じった、瑞々しい香りだ。

峰は覚えずして目を閉じた。

身体中の血が、小川を流れる冷たい水のように清らかになった気がした。

「胸の霧が晴れる、とはうまく言ったものだね。助左衛門さんの言うとおりだよ」

峰はうっとりと息を吐いた。

「そう思っていただけるでしょう？　それでは、ぜひともお峰さんもご一緒に」

助左衛門がおどけた様子で、つつじの花を一つ己の髷に差してみせた。

ひどく滑稽な姿に見えてもおかしくないはずだが、なかなか助左衛門に似合っている。つつじの花はまるで肩に止まった小鳥のように可愛らしい。

「私がつけたらみっともないよ」

「そんなことはありません。私を御覧なさいな。ずいぶんとおめでたい様子でしょう？　花というのは老若男女誰の心も晴れやかにします」

助左衛門に促されて峰は、おっかなびっくり一輪のつつじの花を髪に差してみた。

「とてもお似合いです。鏡をお持ちしましょうか」

「いいや、もうこれでじゅうぶんだよ。首を動かすたびに花の匂いが漂って気持ちいいね」

峰は首をあちこちに向けながら、助左衛門と顔を見合わせて笑った。

「お峰さん、実はお峰さんにお願いがあるのです」

助左衛門が少し真面目な顔をした。

「お願い、って何だい？」

「与吉さんに、しばらく楽市さんの植木屋のお手伝いをさせていただけるように、お口添えを願いたいのです」

助左衛門が恐る恐るという調子で言った。

「そんなことならお安い御用だよ。楽市さんのところに行くって話なら、むしろ安心だよ」

峰は頷いた。

助左衛門が本気で花や植木を好きなことはよくわかる。

「ありがとうございます。楽市さんにお声を掛けていただいて飛び上がるように嬉しかったのですが、与吉さんのお許しをいただけるかどうかが心配で……」

「与吉さんが、助左衛門さんに私の普請仕事に同行するように言ったのは、助左衛門さんの周囲に妙な奴が近づいてこないかが心配だからさ。楽市さんのところなら、そんな暇少しもないだろう？」

「ええ、余所事を考える暇など一切ありません。私は花に触れているそのときは、あっと言う間に時が経ってしまうんです」

助左衛門がいい笑顔で大きく頷いた。

「助左衛門さんはきっと、花を育てているときがいちばん満たされているんだね」

口に出してしまってから、はっとした。

助左衛門は俵屋の跡取り息子だ。

いくら花が好きだと言っても、これから先にそれに心底打ち込む日々を送ることはできない。

「そうですね。間違いありません。これほど楽しいことはどこにもありません。花のことを思い巡らせているときは少しも疲れず、次から次へと新しい考えが浮かびます。きっとこれは私の天から与えられた仕事です」

きっぱりと断言してから、助左衛門は寂し気な顔で首を横に振った。

「ですが、ご安心くださいな。己の生きる道はきちんとわきまえております。今の

「このときは、ただの楽しい思い出です」

目を伏せた助左衛門の頭の上で、つつじの花がぱっと明るく咲いていた。

9

十日ぶりに訪れた福屋の千代の部屋は、驚くことに再び足の踏み場もないくらい物が溢れかえっていた。

「お千代さん、これはいったい……」

「ごめんなさい！　あれから二度も駒屋さんに行っちゃったんです！」

千代は両手で頬を押さえてもじもじしている。

「では、まずはこの部屋を片付けなくてはいけませんね。この間と同じように蔵に運んで並べれば良いですか？」

「ごめんなさい。せっかく綺麗にしてくださったのに。どうぞ怒らないでくださいな」

ここからの手順を考え直していただけのつもりだったが、峰の淡々とした様子に呆れられたと思ったのだろう。

「怒ってなんかいませんよ。そう見えましたか？」

峰は驚いて首を横に振った。

「そう、確かにお峰さんが怒る理由はありませんよね。無駄遣いが直らないのも、お部屋の片付けができないのも、ぜんぶ私が悪いんですから」

今度はしゅんと萎れる。

「お千代さん、もしよかったら一緒にお片付けをしてみませんか？　そういえばこのたびの私の仕事には、お千代さんにお片付けのやり方を教える、というのも入っていましたね」

「私にできるかしら？」

「もちろんできますとも」

峰は千代を手招きした。

「まずは、場所を決めて片付けましょう。ここからここまでのものを片付ける、と決めたら他所には目を向けずにそこだけを見ます。目についたものに次々に手を伸ばしていたら、いつまでも片付けは終わりませんからね」

畳一畳を区切って、そこに散らばっている小物を広げた風呂敷包みの上に載せた。

千代はおっかなびっくりの様子で手を伸ばした。

ひとつひとつにしげしげと目を凝らしては、まるで宝物を見つけたかのように微かに微笑む。

置き場がなくて床に放り出してしまったものなのに、それを愛でる横顔には心がある。

「可愛らしいものばかりですね」

不思議な光景に峰は思わず千代をじっと見つめた。

「ええ、どれもこれも大好きよ。私の大のお気に入りなの」

「それでは、もう少し大事にしてあげなくてはいけませんね」

今の千代にならば伝わるかもしれない。意を決して苦言を呈した。

千代が驚いた顔をした。

「いくら命のないものであっても、それほど心惹かれたものを床に放り出していてはかわいそうです。蔵に並べておくなんて言わずに、この部屋の中に大事に飾ってあげてはいかがですか？」

「この部屋に飾る？　どうやって？」

「四方の壁に飾り棚を作るんです」

峰は部屋をぐるりと見回した。

「天井まで届く作り付けの細かい格子の飾り棚にして、その一つ一つに大事なものを置くようにするんです。区切りはきっと百くらいになるでしょうか」

この間千代の部屋に来た時から考えていた、片付けやすい部屋の普請だ。

どれもこれもお気に入りの綺麗（きれい）な小物ばかりならば、片付けることはもう諦（あきら）めて美しく飾ってしまえばよい。

「とても良い考えだわ！　私の部屋がまるでお店みたいになるのね！」

千代が歓声を上げた。

目が輝いていた。

「そうしたら、こちらの壁には桃色のものを、こちらの壁には紅色のものを、って壁ごとに色を揃えるのも楽しいわ。それとも、ここにはお人形を、ここには髪飾りを、って決めるほうがお店みたいで楽しいかしら？　明日にでも、早速、駒屋さんに……」

言いかけて、言葉が途切れる。

「お千代お嬢さん、いけませんよ。今ある大事な物をお片付けするための普請ですからね」

峰は苦笑いで窘（たしな）めた。

「はあい。わかっています」

千代は肩を竦（すく）めた。

「それでは、早速取り掛からせていただきますね」

峰は壁の寸法を測ってから、庭先で木材の束を解いた。

大きな格子の飾り棚。自分で言い出したことではあるが、なかなか難しい普請だ。

格子は、二つの木を組み合わせて作る。そのためほんのわずかな歪み（ゆがみ）や隙間が、出来上がりのすべてに響いてくるのだ。

「ねえ、お峰さん。私、なんでこんなにお買い物ばかりしちゃうのかしら？　なんだかほとほと自分が嫌になるときがあるの」

手を動かす峰の背後から、千代が話しかけてきた。

「お金に余裕があって、さらに買ったものを大事にできるようでしたら、お買い物は別に悪いことではないと思いますよ」

「お片付けさえできるようになるならば、私は今のままでも平気、ってこと？」

「お片付けを始めれば、今のような買い方はできませんよ」

「あら、また怒られちゃったわ」

「一度も怒っていませんよ」

峰は鋸（のこぎり）を引きながら笑った。

「もしかしたら、お千代お嬢さんは、ほんとうはお買い物がしたいだけじゃないのかもしれませんね」

「そうかしら？　でも、買ったものはみーんな大好きよ」

「それはお千代お嬢さんのお顔を見ているとよくわかります。けど、お買い物をしただけでは満たされない何かがあるのかもしれません」

「満たされない何か……？」

「わかりづらいことを言ってすみません。ちょうど数日前にそんな話を聞いたばかりなもんでして。私たち兄弟の乳母だった人が、弟が所帯を持つ相手は〝満たされた人〟にするように、って忠言をしたんですよ」

「そんな人と所帯を持てたら、弟さんは幸せになれるのね？　確かに今の私みたいな娘じゃお嫁入りなんてとんでもない、ってことだけはわかるけれど」

「今のお千代お嬢さんがいけない、ってわけじゃありません。ただきっとお買い物よりももっと心が躍る何かが……」

言いかけて、峰は言葉を止めた。

「お千代お嬢さん、もしよかったら私と一緒にやってみませんか？」

「えっ？　いったい何を……？」

千代が首を傾げた。

# 10

「おうい、こんな具合でどうだい？」

駒屋の店先で、楽市が得意げに振り返った。

店の入口は、赤、黄、紫、白の色とりどりの菊の花で目いっぱい華やかに飾られていた。今日の駒屋では普段と違う催しが行われていると、一目でわかる姿だ。

「楽市さん、さすがです。ありがとうございます」

まるで花畑への入口のような光景に、峰は思わずうっとりと見惚(みと)れた。

横で楽市の手伝いをしていた助左衛門も、峰と同じ顔をして菊の花を眺めている。

「やはり花とは良いものですね。どんな眩(まばゆ)い光で照らすよりも、もっと胸に迫る光景を作り出すことができるのですから」

「助左衛門さんの言うとおりだね。新たな一歩を踏み出すときには、どんな贈り物よりも花がぴったりだよ」

峰と助左衛門は顔を見合わせて笑った。

「与吉さんに、くれぐれもよろしく伝えてくんな。いい話を聞かせてもらえたよ」

楽市が助左衛門の肩をぽんと叩(たた)いてから、峰に笑みを見せた。

「いえいえ、私なんて、そんな、そんな」

助左衛門は嬉しそうにはにかんでいる。

「えっ？」

助左衛門が、いったいどんな形で楽市の役に立ったのだろうか？

首を傾げかけたところで、店の中から、

「お峰さん」

と不安げな声が聞こえた。

店の中へ入ると、売り子のような前掛けをした千代が心許なそうな様子で番台に座っていた。

「お嬢さん、用意はよろしいですか？　きっと表の花飾りに惹かれてすぐにお客さんがやってきますよ」

峰が声を掛けると、千代は口元を引き締めてこくりと頷いた。

「これで、おかしくないかしら？」

普段は駒屋の品が置かれているはずの棚に、今日は千代の持ち物が並べられていた。

人形や、髪飾りや、化粧道具。どれもとびきり値が張った千代のお気に入りばかりだ。千代の部屋の格子の棚に収まりきらなかったものを選び抜いて、さらにひとつひとつの物へ千代が想いを綴った紙を付けた。

付いている値は、駒屋で買い求めたそのときよりも一割ほど高い。

その上乗せされた分を駒屋に支払うという約束で、いちばんのお得意さんの我儘を聞いてもらう形で店先を貸してもらうことにしたのだ。

小間物屋が津々浦々から買い集めてきた品物というのは、決まって一期一会だ。迷った末に後から欲しいと思っても、まず手に入らない。

千代が飛びついた品物は、おそらくほかの誰かが買えずに悔しい思いをしていたはずだ。多少の値の上乗せがあっても欲しいと思っているに違いない。

きっとこの形ならば駒屋の商売の邪魔にもならないだろうと踏んで、与吉を通して駒屋の主人に話を持ち掛けた。

「私、駒屋さんが大好きなの。いつだって私が欲しいと思う素敵なものを用意してくれるんですもの」

千代が店の中を見回した。

「でもね、今日は格別よ。見渡す限り、すべて私が大好きなものばかりが並んでいるお店なんて、夢のようだわ」

「お客さんに売り渡してしまうのが、もったいなくなってしまいませんか？」

峰が訊くと、千代は「そうね」と少し困った顔をした。

「最初は驚いたわ。大事に集めてきた品物を手放すなんて、考えたこともなかったから。でも……」

千代は力のある目で峰を見た。

そのとき、

「こんにちは」

と華やいだ娘の声が聞こえた。

年の頃は千代と同じくらいで、紋付縞の振袖で装い女中を従えた娘だ。きっと裕福な商家の娘に違いない。

「表のお花、綺麗ねえ。あら、今日は駒屋さんのご主人はいらっしゃらないのね。あなたはどなた？　見かけない顔ね」

すっかり商売人に対する口の利き方だ。

峰はひやりとして千代を見る。

「いらっしゃいませ。私は半日だけ、ここの店先をお借りしている者です」

その澄んだ声に、峰は口元を綻ばせた。

「へえ、そんなのってあるのね。知らなかった。まあ、可愛らしいものがたくさんあるわ。これってもしかして、半年前に駒屋さんで扱っていた西陣織の小物入ね。私、この型違いを持っているのよ」

娘が品物の一つを手に取る。

「そうでございましたか！　そちらの小物入は、着物のための反物の端切れを使ったわけではなく、このような小物入を作るためにわざわざ柄の細かい反物を織ったのだと聞きました。柄の出方にもこだわりがありまして、蝶は必ず上に向かって飛んでいます」

千代は己が品物の特徴を書き留めた紙を見ながら、滑らかに言った。

その語り口は、きっと駒屋の店先でさんざん接客をされていたときに学んだに違いない。だが、それだけではない。根っからの商売人の才を感じさせる口調だ。

「上に向かって飛んでいく蝶……」

千代の頬は赤らんで、目は輝いていた。

「ええ、とても縁起が良くめでたい柄です。きっとこの小物入をお持ちになれば、お嬢さまの身に素敵なことがたくさん起きるに違いありません」

娘は千代を相手にああでもないこうでもないと楽しく喋り尽くした末に、いくつもの品物を買って帰って行った。

「お千代さん。いかがでしたか？」

峰は客を見送った千代に声を掛ける。

「とても楽しかったわ」

千代は間髪を容れずに答えた。

名残惜しそうに客の背を見つめる。

「私、お買い物をしたら、毎日の暮らしが今より良くなると思っていたの。可愛らしいものを買えば買うほど、暮らしが楽しくなるって信じていたわ。でも、あんなふうに散らかったお部屋はもうまっぴらよ」

千代は今しがた受け取った代金を大切そうに巾着袋に入れた。

「お嬢さんはお買い物が大好きとおっしゃっていましたから。お買い物に関わることを仕事にしてみてはと思ったんです」

千代と向き合いながら、助左衛門の母親の話を思い出していた。

足を怪我した助左衛門の母親は、思うように動けなかったその時期だけ、何かに憑かれたように反物を買い漁っていたという。

働き者の商売人だった助左衛門の母親は、もっとこの世と関わりたい、働きたい、人の役に立ちたいという鬱憤を買い物に向けていたに違いない。

「お父様は、私を決して福屋の商売に関わらせてくださらなかったのよ。だから商売がこんなに楽しいなんて少しも知らなかった。お金をもらって品物を売るのって、お金を出して品物を買うよりももっと楽しいわ」

千代が晴れやかな笑みを浮かべた。

「きっとお嬢さんには、商売人の血が流れていらっしゃるのですね」

「そうなのかしら？　己ではちっともわからないけれど」

千代が首を傾げた。

「私は売るのも買うのもあまり得意じゃありません。黙々と手を動かす職人仕事が、私には合っています」

「そうね、確かに私にはそれは向いていないかも」

千代が肩を竦めた。血色のよい頬にきらきらと輝く瞳。〝満たされた〟顔というのは、きっとこんなものに違いない。

「お峰さん、ありがとう。私、大好きなお買い物をきっと己の仕事にしてみせるわ」

千代が己の品物たちに愛おしそうな目を向けた。

「お千代お嬢さんならきっとできますよ」

峰が頷いたと同時に、表通りで「わ、このお花、何かしら？」と数人の娘の燥ぐ声が聞こえた。

千代がにやりと笑って、峰に目くばせをする。

働き者で抜け目ない商人の顔だ。

「いらっしゃいませ。どうぞゆっくりご覧になってくださいな」

店先に飛び出していった千代の声には、すっかり大人の貫禄があった。

11

急に時季が戻ったように蒸し暑い雨の朝だ。

峰が芳の作った煮豆をおかずに、麦飯を頬張っていると、

「おはようございます」

と、門作と助左衛門が揃って戸口から顔を覗かせた。

「二人とも、待っていたよ。さあさあ、味噌汁が冷めないうちに上がっておいで。しかし、あんたたちはずいぶん仲良くなったんだねえ」

芳がにこにこ笑って手招きをする。

「私の苦悩をわかってくださったのは、門作さまが初めてかもしれません。関宿で

は衣食住に困ることがない身というだけで、悩みなんて決して口に出してはいけない雰囲気がありました」

助左衛門が門作に親し気な笑みを向ける。

「門作、よそさまの胸の内を動かすようなことを言うなら、己の言葉に責任を持つんだよ」

峰は冷ややかな声で釘(くぎ)を刺した。

「姉上は相変わらず辛辣(しんらつ)でございますね。私たちはただ胸の内を話し合う良い友というだけですよ」

門作が助左衛門と頷き合った。

門作は幼い頃から漢詩に熱中しているだけあって、耳当たりのよい言葉ならいくらでも知っている。

関宿の俵屋の跡継ぎである助左衛門に、己の心のままに生きる無謀な道を示すほど浅はかではないと信じたいが……。

助左衛門と門作が楽し気に話し合う姿に、楽市の許(もと)で目を輝かせていた助左衛門の姿を思い出す。

己の心のままに好きなことをして生きることができるのは、子供だけだ。

大人というのは、誰でも世のしがらみを背負いつつ、限られた中で己らしさを生きるものだ。

峰は己に言い聞かせるように胸の内で呟く。

「そういえばまだ聞いていませんでしたね。この間、楽市さんはどうして助左衛門さんにお礼を言っていたんですか？」

気を取り直して助左衛門に訊く。

「そうです、そうです。忘れておりました」

助左衛門が嬉しそうに頷く。

「肥料についてのお話をさせていただいたのです。楽市さんの植木屋では、主に肥料として草木灰や米ぬかを使っていらっしゃるとのことでした。花は見た目を楽しむのと同じくらい匂いを愛でるものでもありますから、極力臭いの少ない肥料を選ばれるのでしょう」

助左衛門が真面目な顔をした。

肥溜めから汲み上げたものを使った肥料は、作物の栽培に有用なものだ。だが当然、臭いは強い。鉢ごと玄関先に飾るような鑑賞用の花には相応しくないだろう。

「ですが草木由来の肥料とは、本来根や茎を強くするものです。やはり大きな花を咲かせ実をつけるには力が足りません」

「そこであんたのところの干鰯が使えるってわけか！」

与吉がぴしゃりと膝を叩いた。

「もちろん干鰯にも臭いがあります。ですが臭いを軽くするための薬があるのです。染物の色留めに使われております、肥後の国の温泉由来の湯の花と呼ばれる薬です。この薬はたいへん面白い効能がありまして、紫陽花や朝顔の色を青く変えることもできるんです。そのお話をしたところ、楽市さんにたいへん喜んでいただきまして……」

助左衛門は水を得た魚のように生き生きとした表情で、滔々と語る。

「助左衛門さん、素敵ね。ほんとうのお花屋さんみたいね」

花がにっこり笑うと、助左衛門は「お花屋さんか……」としばらくぼんやりした顔をして黙り込んだ。

「そうそう、福屋の主人からお千代お嬢さんの話を聞いたよ」

与吉の言葉に、はっとして身を乗り出す。

「お千代お嬢さん、どうされていますか？」

「お峰、お前はとんでもないもんを世に放っちまったな」

不穏な言葉に反して、与吉は痛快そうに笑う。

「お千代お嬢さんってのは、あれは生まれつきの商売人だったんだ」

「確かに、商売の才のあるお方でしたね」

峰は頷いた。

「そんな甘っちょろいもんじゃねえさ。お千代お嬢さんはあんな可愛らしい顔をして、幼い頃から金への執着がとんでもねえ娘さんでな。金勘定が好きでたまらねえんだ。帳場にこっそり忍び込んで、帳面を半日でも大喜びで捲っていたってのさ。このままじゃ嫁の貰い手がなくなる、ってんで、ご主人が一切商売に関わることを禁じていたってわけさ」

「ええっ、それじゃあ……」

「あれから、お千代お嬢さんは、駒屋がお得意さんにしか出さないような珍しくて上等な品物を次々に買い込んでは、こっそり吉原の花魁たちに高値で売り飛ばす商売を始めたんだとよ。闇商売が駒屋に見つからないように、人目につきやすい簪や帯留は扱わず、人形や小物入や鏡なんて部屋の中で使うものだけを取り扱っていらっしゃるそうだ」

「お千代お嬢さんが、ですか？　まさか、そんな」

大店のお嬢さまである千代が、そんな小狡い商売をするなんて。

「あの齢で、商売ってのはとことん見栄を捨てなくちゃいけねえ、ってのがわかってるってことは、お千代お嬢さんは立派だぜ。今じゃ、水を得た魚のように稼ぎまくっているそうだ。あの調子なら、万が一駒屋に文句を言われても、すぐに新しい商売を見つけてくるだろうね」

峰は呆気に取られて言葉を失った。

きっと福屋の主人は、案じていたとおり嫁入り先がなくなってしまったと頭を抱えているに違いない。

「いいお話。そのお嬢さま、己の道が見つかってよかったわね」

綾が与吉に熱い茶の入った湯飲みを差し出した。

「福屋の主人には、とんでもねえ嫌味を言われたけれどな」

与吉が茶をずずっと啜る。

「人の才を無理に押し込めようとしちゃいけないわ。もしそのお嬢さまが、このまずっとお買い物で気を紛らわすだけの暮らしをしていたら、いつか気を病んでしまっていたはずよ」

峰の胸に、塵の山で覆われた千代の部屋が浮かんだ。〝死んじゃう〟なんて危なっかしい言葉を平然と使う姿。

福屋の主人の思い通りの娘にはならなかったかもしれない。だが、きっと今の千代はあの頃よりもぐんと寿命が延びた心持ちで暮らしているに違いない。

ふいに戸口のあたりに人影が現れた。

「あっ！」

しんみりした顔をしていた綾の目がはっと見開かれた。

「仲三さん、どうしてここに？　ずいぶん朝早いけれど、何かあったのかしら？」

綾の視線の先には手配師の仲三の姿があった。

「早くに済まないね。助左衛門に大事な話があってね」

険しい顔で言いながら皆を見回す。

「大事なお話？　いったい何でしょう？」

助左衛門が不思議そうに顔を上げた。

「先日、あんたを案内した深川の土地だけれどね。済まない。あの話はなくなっちまったんだ」

仲三が頭を下げた。

「味噌(みそ)問屋さんがお引っ越しされたというあの土地ですね。それは残念です。今まで見た土地の中でいちばん良いと思い、俵屋に文まで書いたところだったのですが」

助左衛門がしゅんとした顔をした。

「売主は助左衛門が乗り気だって知っていたはずだろう？　口約束には違いねえが、この状況でそっちから勝手に反故にしてくるってのは、道理に合わねえ話だな。何があったんだい？」

与吉が割って入った。

「あの深川の土地は、味噌問屋の商売を畳むことをまだ大っぴらにしたくないって話で、売りに出しているのを隠していたんだ。扱っているのは、私のところだけだったはずなんだ」

仲三が悔しそうに下唇を噛んだ。

「けれど、別の手配師が嗅ぎ付けて私のところよりも高値を出すって言ったそうだ。それも、その場で決めるならばもっと出すってな。もしも私に任せてくれるなら、売主の面倒な手続きはすべて代わりにやらせてもらおうと思っていたし、後の移り先だってきちんと探すつもりでいたさ。だからこそあの値だったんだ。でも今さらそんなことを言っても後の祭りさ。油断して最初に伝えなかった私が悪かったんだ」

「つまり、その手配師は結局は、あんたより安値であの深川の土地を手に入れたようなもんだ、ってことだね？」

「ああ、そうだよ。きっと売主にとっても、いい取引にはならねえはずさ」

「そいつの名はわかるかい？」

与吉が身を乗り出した。

「栄之助って聞いたな。やり口からして、ここいらで長く商売をするつもりはなさそうだ」

助左衛門が息を呑んだ。

「栄之助さん、ですか……。その人ならばよく知っています」

仲三がぽかんとした顔で助左衛門を見つめた。直後に顔を顰める。

「そうか、畜生！　助左衛門、あんたの跡をつけていやがったんだな」

仲三が己の太腿を拳で叩いた。

「助左衛門、深川の土地のことは申し訳ない。私が悪かった。あんたにぴったりの土地を必ず探してみせるぜ」

仲三は助左衛門を見据えて、大きく頷いた。

# 第四章　お江戸日本橋

## 1

大通りに面して大店がずらりと立ち並ぶ日本橋は、お江戸の商売の中心だ。

大八車が地響きを立てて走り回り、商売人と客が入り乱れる。

この地では、ここで生まれ育ち、のんびりと近所を散歩している者なんてどこにもいない。皆が何らかの用事があって早足でそこを目指す場所だ。

仲三の案内で、峰と与吉と助左衛門、四人で揃(そろ)って土埃(つちぼこり)の舞う日本橋にやってきた。

「ええっ、まさかここかい？　こりゃ出物も出物、とんでもねえところに空きが出たもんだね！」

仲三の足が止まったその時、与吉が悲鳴を上げた。

慌ててはっと口を押さえる。

お江戸の真ん中も真ん中、まさに日本橋を渡り切ってすぐの店だ。

橋を使うすべての人の目に飛び込んでくる。日本橋界隈を描こうとする絵師がいたら、必ずや背景に入る場所だ。

周囲には『三井越後屋』や『白木屋』など、その名を知らない人はいない大店が並ぶ。

「いつの日かこんなお江戸の真ん真ん中に店を出したい、って思っている商売人は腐るほどいるぞ。空きが出ているって知られたら大騒ぎだ」

声を潜めて周囲を見回す。

深川の土地を横取りされた仲三が、血眼になって探してきた〝お江戸一の出物〟の土地だ。

当然、取り扱っているのは仲三ひとりに違いない。

これほど良い立地の店が、暖簾をしまっているなんて奇妙なことだ。だが今のところは露骨に不審げな目を向ける人はいないようだ。

「この松葉屋さんは女将さんが急に亡くなってね。まだ喪が明けちゃいねえのさ」

仲三の言葉に、与吉が、「そうだったのかい」と眉を下げた。

「ほとんど己ひとりで店を切り盛りしていたんじゃないか、ってくらいのしっかり者の女将さんでねえ。その女将さんと生前に少し話をさせてもらっていた縁で、私に声がかかったのさ」

「松葉屋さんは何の商売をやっていたんですか？」

峰は立派な店構えを見上げた。

「女の化粧道具だよ。紅筆やら白粉用の刷毛やら手鏡やら、町娘の小遣いで買えるような手軽なもんから、お姫さまの花嫁道具になるもんまで、松葉屋に行きゃ必ず手に入るって、お江戸じゅうの女の憧れだった店さ」

仲三の口ぶりは寂し気だ。亡くなった女将は良い商売人だったに違いない。

「化粧道具かい。そりゃ名物の女将が急にいなくなっちまったら、男主人だけじゃ難しそうな商売ではあるねえ」

与吉が気の毒そうに言った。

「おうい、禄兵衛さん、お邪魔するよ」

仲三が声を落として店の中に入った。

店の中は薄暗い。埃をかぶった小間物が綺麗に並べられたままになっていた。なのに舞台の楽屋のようにどこか胸が躍るような華やいだ気配を感じるのは、化粧道具屋という商売のせいなのだろうか。

「ああ、仲三か。近所には気付かれなかっただろうね」

奥の暗がりから現れた禄兵衛は、年の頃五十ほどの恰幅(かっぷく)の良い男だ。仏頂面が癖になってしまったような表情だ。

「その人たちは誰だい？」

峰と与吉、助左衛門に目を向ける。

「こちらは助左衛門だ。関宿の俵屋の跡取り息子でね。お江戸に店を出すところを探しているんだよ。このお二人は采配(さいはい)屋の与吉さんと普請職人のお峰だ」

「関宿だって？　ずいぶんと田舎だねえ」

禄兵衛が鼻で笑った。

助左衛門の身が強張(こわば)ったのがわかった。

「禄兵衛さんも意地の悪いことを言うねえ。このご時世、お江戸の真ん中で活躍している商売人でお里のない人なんているもんかい」

仲三が少しも動じずに、まるで助左衛門に聞かせるように受け流した。

「あんた助左衛門っていったね？　俵屋ってのは何の店だい？」

「はい、はい。干鰯(ほしか)問屋です」

助左衛門が素直に応える。

「干鰯問屋だって!?　そうしたら、あんたにこの店を売ったら、どこもかしこもとんでもなく干鰯臭くなっちまうってことだな！」

　禄兵衛がわざとらしく大声を張り上げた。

「俵屋は問屋ですので、店先で荷を広げることはまずありません。荷のほとんどは河岸に近い蔵から市中に流します」

　助左衛門が驚いた顔で応じた。

「でも、取引やら何やらのときは、ここで干鰯を検分するんだろう？」

　禄兵衛が店を見回した。

「ええ、それはまあ、干鰯問屋でございますので……」

　こんな調子では、まともに禄兵衛の相手をして困っている助左衛門が気の毒だ。

　峰が何か助け舟を出してやらなくてはと思ったところで、

「まあ、私にはどうでもいいことだな。松葉屋が他人の物になった後のことまで考えていたらきりがない」

　禄兵衛は急につまらなそうな顔をしてあっさり引き下がった。

「それで、この人がここへ来たってことは、五千両が出せるって話だね？」

　仲三に向き合う。

「五千両ですって⁉　いえ、まさか、さすがにそれは……」

助左衛門が目を剝いた。

五千両とは、力のある旗本のお屋敷が新しくひとつ建ってしまうようなとんでもない額だ。そうそう空きの出ないお江戸の中心といえども、こんな小さな土地にいくら何でも吹っ掛け過ぎだ。

峰がちらりと与吉の顔を窺うと、与吉は顔色ひとつ変えずに黙って話の流れを窺っている。

「何だ、金子が足りないのかい？　それじゃあここを買うのは諦めるんだな」

「禄兵衛さん、お手柔らかに頼むよ」

仲三がふっと息を抜いて笑った。

「禄兵衛さんがいくらで売りたいかって話は、ぜひとも聞かせてもらいたいさ。けど、それを踏まえた上で、ここの価値を玄人の目で測って、売りたい方と買いたい方の橋渡しをするってのが私の仕事だよ」

「つまりが難癖をつけて買い叩くつもりだろう？　他の客ならそれで騙せても、私はそうはいかないよ」

禄兵衛が作り笑いを浮かべた。

「買い叩くなんて、人聞きの悪いことを言わないでおくれよ。玄人のお墨付きがない土地なぞ、どんなとんでもない傷があるかわかったもんじゃないと、誰も手を出しやしないさ。私は、己の手配師としての顔を懸けてここを引き受けるんだよ」

仲三が少々真面目な顔をして言うと、禄兵衛は決まり悪そうな様子で黙り込んだ。

「……それじゃあ、ひとまずは店と屋敷を案内しろってことだね」

「そうこなくっちゃな。楽しみだねえ」

間髪を容れずに応じた仲三の姿に、それまで黙って見ていた与吉が微かに口元を綻ばせた。

## 2

埃っぽい表店の框を上がり、廊下を進む。

「奉公人たちに暇を出したのは少し前でね。掃除が行き届いていないところもあるかもしれないが、そこは目を瞑っておくれよ」

禄兵衛は次々に襖を開けて、奉公人のための部屋や納戸などを示す。

それなりに古びてはいるが、至ってどこにでもある大店だ。

このくらいならば、建具屋に頼んで襖を替えて板張りのところどころを補修して、床の歪みや割れを少々普請で整えれば、あっという間に見違えるように綺麗になるだろう。

「緑兵衛さんは、今はここでは暮らしていないんだったね？」

仲三が部屋の隅々に素早く目を走らせながら訊く。

「ああ。船橋に嫁いだ妹がいてね。その妹のところに世話になっているのさ」

「妹さんの嫁ぎ先にですか？　ずいぶん優しい妹さんですね」

峰は思わず目を丸くした。

ひとりで暮らさせておくのが心配なほど衰えた老親ならまだしも、年の頃五十ほどの兄を呼び寄せてくれるなんて。ずいぶんと面倒見の良い妹夫婦だ。

「あの夫婦は、若い頃に金の算段に苦しんでいた時期があってね。女房が生きていた頃に何かと助けてやったことに、恩を感じているに違いないさ」

緑兵衛は少々高慢そうにそう言ってみせてから、

「それか、私のことを哀れに思っているのさ」

えっ、と訊き返しかけたところで、緑兵衛が住まいに繋がる渡り廊下で足を止めた。

「この廊下から奥が、私と家族が暮らしていた家さ」

「えっ？」

皆で声を揃えた。

広間の壁に奇妙なものがくっついていた。等間隔で上に向かうように貼られた板だ。

板はまるで階段のように、少しずつ高い位置になって天井へ向かう。階段を上り切った先には、天井の梁以外何もない。

「こ、これは階段ですか……?」

峰が思わず訊くと、禄兵衛は「ああ、そうだよ」と面倒臭そうに頷いた。

訊きたいことはもっと山ほどあるが、禄兵衛の不機嫌そうな調子に思わず口を噤んでしまう。

とりあえず息を整えて、じっくり家の中を見回した。

表店と同じく、古びているが手入れの行き届いた家だ。腕の良い大工が良い木材を使って建てた家なのだろう。建物全体が背筋を伸ばしたようにまっすぐで、柱の歪みが少しもない。

だが、家の真ん中の広間のいちばん目立つところに使い道のわからない奇妙な階段があるせいで、まるでからくり屋敷に放り込まれたような居心地の悪さを覚える。

「このあたりは、ずいぶん前に普請を入れたんだねえ」

仲三が怪しい階段を見上げて、涼しい顔で言った。

「ああ、そうさ。何か悪いかい？」

「まさか、少しも悪いことはないよ。己の家に普請で手を入れて住みやすくするのは、何より楽しいことだよ」

仲三が気さくな調子で首を横に振った。

「けど、買い手にはこの階段を必要としない人もいる。その場合は取り外さなくちゃいけない。そこんところは、わかってもらえるね？」

「そんなことはもちろんわかっているさ。売り渡した後のことなんて私には関係ない」

禄兵衛がぞんざいに頷いた。

「それで仲三、お前の目から見た松葉屋の値はいくらほどだ？　どうか正直に言ってくれ。いくらと言われても、決して臍を曲げたりなんてしないと約束するさ」

わざと何の気もない調子を装っているが、目は恐ろしいほど真剣だ。

「……私の目、でいいんだね？」

仲三が大きな掌を己の顎に当て、しばらく黙って考え込む顔をした。

「やはり今は軽々しく答えられるもんじゃないね。大事なことなので、一旦、持ち帰らせておくれ」

「なんだい、それは。今日、この場で決めてくれるんじゃないのかい？」

禄兵衛は露骨にがっかりした様子でため息をついた。

「申し訳ないね」

「こっちだって、重い腰を上げてやっとの思いであんたと話をするって決めたんだよ。それがなんだい？　持ち帰らせてください、なんて勿体ぶって。はっきり金の話をしてくれないなら、こっちだってここを売るか売らないか悩むことさえできないじゃないか」

禄兵衛は鼻息荒く言う。

「なるべく早くにもう一度伺うさ」

「なるべく早く、ってそれは明日かい？」

「いや、明日は無理だ」

「それじゃあ明後日？」

「明後日もまだ……」

「いい加減にしておくれよ！　こっちは遊びじゃないんだ！」

禄兵衛の堪忍袋の緒が切れた。

「もういいさ、ならば別の手配師に頼むよ。ちょうど数日前に、万が一ここを売りに出すことがあったら教えてくれ、って丁寧な文が届いていたのさ。これもご縁ってことかもしれないね」

「別の手配師、だって？」

これまで禄兵衛に何を言われても表情を変えずにいた仲三が、ぎょっとした顔をした。

「そうさ、ええっと確か、栄之助って名だったね」

皆がしんと静まり返った。

「もしかしてあんたの知り合いかい？」

禄兵衛が敏感に察して、いちばん気弱そうな助左衛門に訊いた。

「ええっと、はい。そうです。吉原の土地のときからずっと……」

慌てて与吉が助左衛門に向かって首を横に振った。

だが助左衛門はきょとんとした表情だ。

「何だって？　吉原の土地？　どういうことだい？」

禄兵衛の顔色が変わった。

「ええっと、実は私は、以前、吉原大門近くの土地を買うかどうかと悩んでいまして、間に入ってくれたのがその栄之助さんという人なんです……」

与吉が、やっちまったな、という顔で額に手を当てた。

「吉原大門近くの日本堤、だって？　あんた、とんでもないところに手を出そうとしていたね。馬鹿馬鹿しいにもほどがあるな」

禄兵衛の顔がみるみるうちに曇った。

「えっ？」

助左衛門が、初めてまずいことになったと気付いた顔をした。

「それで、そこに断られたからって、今度はうちを買いたいって話かい？　安く見られたもんだね」

「禄兵衛さん、助左衛門さんはまだお江戸に来たばかりで、少しも勝手がわかっていらっしゃらないんです」

峰は慌てて助け舟を出した。

「いくら浮かれちまったからっていって、吉原大門の目の前に先代から続く大事な店を構えたいなんて浮ついた商売人のことを、俺は一切信用できないね」

禄兵衛が助左衛門を睨みつけた。

助左衛門は蛇に睨まれた蛙のように白い顔をして黙り込んでいる。

「松葉屋は、あんたにだけは売らないよ」

緑兵衛はぴしゃりと言い切ると、顔を背けた。

3

「助左衛門、そんなに萎れちゃいけねえぜ。土地っていうのはご縁やら相性やら、そういうはっきりよくわかんねえもんがうんと関わってくるもんだからな。一概にあんたがすべて悪い、ってわけじゃねえよ」

帰り道の茶屋の床几に腰掛けて、与吉が助左衛門を慰める。

「さあさあ、萎れた花には水をやらなくちゃいけねえ。ここの茶は美味いぜ。疲れが吹っ飛んで、目の前がぱあっと開けて見える一杯だ」

与吉が酒を勧める手つきを真似ておどけながら、湯気が立つ湯呑を示した。

助左衛門は今にも泣き出しそうな顔をしたまま、渋々という様子で一口飲む。

「……これは、ずいぶんと美味いですね。今まで飲んだ茶の中でいちばんの味わいです」

目を丸くして顔を上げる。

「そうだろう、そうだろう、お江戸の茶ってのは美味いんだ。助左衛門、お前は飲み喰いするもんに関しては心から美味そうにするなあ。俺は金持ちってのはみーんな気に喰わねえけれどな、お前のそういうところだけはどうしても憎めねえや」

与吉に乱暴に肩を叩かれて、助左衛門の顔つきがようやく和らいだ。

「私のせいで、禄兵衛さんを怒らせてしまいました。やはりもう、まったく望みはないのでしょうか……」

「あそこの取引は、最初から一筋縄じゃ行かねえことはわかっていたんだ。あらかじめ心構えを伝えておかなかったこっちが悪かった。けどまさか、栄之助の野郎が今度も嗅ぎつけているなんて思いもしなかったさ」

仲三が険しい顔で腕を前で組んだ。

「仲三さんが助左衛門さんに伝えておきたかった心構え、ってのは、どんなことですか？」

峰は湯呑を手に、気を取り直すように訊いた。

「あの禄兵衛は、今このとき、まったく少しも金に困っちゃいねえのさ」

仲三は呆れたように肩を竦めた。

「船橋の妹の嫁ぎ先ってのも、これまた大きく商売をやっている家でね。どうやらこれからは庭に離れを建ててもらって、のんびり暮らすらしいさ。松葉屋を売るのは、金のためじゃねえんだ。禄兵衛としてはもしもできることなら、面倒ごとを放り出してあそこをあのまま荒れ放題にしておきたいくらいだろうね」

「ええっ、あんなお江戸の真ん中を荒れ放題にしておくんですか？」

助左衛門が目を丸くする。

「けど、そうもいかねえのは、あんたも察しているとおりさ。お江戸の真ん中が鼠の住処（すみか）のあばら家になる、ってわけにはいかねえさ」

仲三が大きく頷（うなず）いた。

「周りの店からすれば、松葉屋が寂れちまえばあのあたり一帯の気が淀（よど）む。人目に付きやすいなんてもんじゃねえ場所だから、悪い奴らに目を付けられて強引に乗っ取られるなんてこともあり得る。それに万が一にでも火でも付けられたりしたら、たいへんなことになる」

「町の真ん中には、常に人の気配が漂って活気があるように定められた役目、というのがあるんですね」

峰はなるほど、と頷いた。

「禄兵衛は日本橋で長く商売をしていたからな。もちろんそれを承知しているはずさ。手前（てめえ）が面倒くさいから、の一言で日本橋を台無しにしちまうような真似はしたくねえはずなんだ」

「それじゃあ、次にあそこに店を開く人を誰にするか、しっかりと己の目で選びたかったというわけですね。そして私はお目に敵わなかったようです」

助左衛門が肩を落とした。

「禄兵衛のような売主とは、金の話は二の次、三の次さ。金の話をはっきりさせるのは後回しにして、何はなくとも、とにかく商売人として気に入られるようにしなくちゃいけなかったんだ。俵屋さんは関宿で長年実直な商売をしている店だから、後を任せるには気持ちがいい相手さ。何事もなければうまく事が運ぶと思ったんだけどねえ」

「余計なことを言ってしまってごめんなさい。栄之助さんの名を聞いて思わず……」

「いや、違う。俺が気を緩めたせいであんたには迷惑をかけちまった。悪かった」

仲三が深々と頭を下げた。

「いえいえ、そんな、そんな」

助左衛門は恐縮したように身を縮めてから、

「私がいけないのです。不用意にあんな失礼な言葉を漏らしてしまったのは、私の覚悟が足りないせいです」

と己に言い聞かせるように言った。

「覚悟だって？」

仲三が怪訝そうな顔をしたそのとき、

「あ、助左衛門さん！　お峰ちゃん、おじいちゃんもいるよ！」

可愛らしい声にはっと顔を上げると、綾に手を引かれた花が飛び跳ねて喜んでいた。

「おう、お花、よく来たな。じいちゃんの膝へおいで。団子を喰わせてやろう。この茶屋の団子はとんでもない絶品さ。おうっと、ばあちゃんには内緒だぞ。ばあちゃんの団子はお江戸一さ」

与吉が手招きすると、花が一目散に駆けてきた。

「お嬢ちゃん、団子が好きかい？　なら、俺の分をやろう」

仲三が手つかずの団子を差し出すと、花は「ありがとう！」と目を輝かせた。

「ちょうど夫の月命日でして、お墓参りの帰りなんです。皆さんに会えるなんて思いませんでした」

綾は手拭いで汗を拭きつつ仲三と目を合わせて親し気に微笑むと、横に腰掛けた。

「日本橋はいかがでしたか？　助左衛門さんの俵屋の場所は決まりそうですか？」

綾が仲三に向かって身を乗り出した。

「日本橋でございますか。それはですねえ。実を申しますと……」

仲三が硬い口調で口ごもると、綾がぷっと噴き出した。

「この間下谷にご案内したときとは、ずいぶん違うご様子ですね。どうぞ、もっとくだけてお話しくださいな」

まるで娘のようにくすくすといつまでも笑う。

「そ、そうだね。なんだか妙な感じでね。ええっと、何だっけ？　そうだ、そうだ日本橋の話だね。えっと、何だったかねえ」

しきりに掌で汗を拭う仲三に、助左衛門が不思議そうな顔を向けた。

「うまく行きませんでしたよ。私が、売主の禄兵衛さんを怒らせてしまったんです」

助左衛門が日本橋での出来事を説明すると、綾は「あらあ」と頰に手を当てた。

「禄兵衛さん、それはとてもお気の毒ね」

心から気遣う様子で目を落とす。

「お気の毒？」

男たちと峰は顔を見合わせた。

「そうよ、だって禄兵衛さんは、お内儀さんを亡くされたばかりなんでしょう？

お気の毒、以外にどんな言葉があるの」

綾は眉を八の字に下げた。

「そういえば、確かにそうだったね」

峰はゆっくりと頷いた。

どうにかしてあの土地屋敷を売ってもらう方法はないかと、禄兵衛の懐具合にばかり興味があった。だが、禄兵衛の妻がまだ若くして亡くなったからこそ、松葉屋を手放すことになった経緯にはきちんと心を寄せてはいなかったと気付く。

「お内儀さんを亡くされてまだ喪が明けないうちに、さらに店も住まいも手放すなんて、私だったらとてもじゃないけれどそんな気力は湧かないわ。きっと日本橋界隈のことを真剣に考えていらっしゃるのよ。立派な方だわ」

「……なるほど」

仲三が唸った。

「ねえねえ助左衛門さん、欲しいおうちが買えなかったのね？」

花が団子を頬張りながら助左衛門の顔を覗き込む。

「ああ、そうだよ」

助左衛門が力なく笑うと、花が大きく首を横に振った。

「しょんぼりしなくても平気よ。だって明日は鬼子母神さまの菊見よ」

「菊見ですって⁉」

助左衛門が叫んで飛び上がった。

つい先ほどまでの憂いは、あっという間に消え失せた顔だ。

「素敵な菊を、たくさん見に行きましょうね。そうしたらきっとすぐに力が出るわよ」

花はうふふと笑った。

4

久しぶりにざっと激しい雨の朝だ。

灰色の空から大粒の雨が勢いよく降り注ぎ、強い風が長屋全体をみしみし揺らす。

「夕方には雨はきっと止むよう。そしたら、助左衛門さんと菊見に行くのよう」

花が泣きべそを掻きそうな顔で、幾度も恨めし気に天井を見上げている。

「そうなるといいわねえ」

綾は薄暗い中で目を凝らして針を運びつつ、困った顔だ。

こんなふうに風の強い雨の日は、峰の普請の仕事も一休みだ。

家で芳や綾の手伝いをしつつ、がっかりしている花と目一杯遊んでやろうかと思っていたところで、与吉に手招きをされた。

「お峰。この天気の中悪いけどな、今日これから日本橋へ行ってくれ」

「日本橋、ってことは禄兵衛さんのところですか？」

驚いて訊き返した。

「ああ、そうだ。さっき人が来て頼まれたんだ。お峰に相談事があるってな」

「相談事ですか。普請のことですよね」

峰は己の鼻先を指さした。

だがふと、綾の「それはとてもお気の毒ね」という言葉が胸に蘇る。

禄兵衛のどこか苛立ったような顔が浮かんで、少々気が重い。

「もしよかったら、助左衛門さんを一緒に連れていってもいいですか？　きっと今日は、楽市さんの植木の仕事の手伝いは休みですよね」

峰の提案に、与吉は眉を顰めた。

「何か考えがあるのか？　禄兵衛は、ありゃ一度言ったことはそうそう曲げない男だぞ。軽い気持ちで挨拶や謝罪に行ったところで、機嫌を直してくれるとは思えねえけれどな」

「それはわかっています。ただ、禄兵衛さんと助左衛門さんは、何か通じ合えるものがあるような気がするんです」

峰は助左衛門を連れて、ざあざあ振りの雨の中、傘を被って日本橋の松葉屋へ向かった。

暖簾(のれん)がしまわれた店先は、雨空のせいか先日よりも暗く見えた。

「失礼いたします。普請の峰が参りました」

店の引き戸を開けて中を覗き込むと、框(かまち)にぼんやりと腰掛けた禄兵衛が顔を上げた。

「悪いね。待っていたよ」

禄兵衛の着物は、裾(すそ)が濡(ぬ)れて色が変わっていた。

「禄兵衛さん、船橋からいらしたんですか？　この雨の中、たいへんな道のりでしたね」

「ああ、そうさ。けれど己の家に戻るって気分なら、さほど遠くは感じないさ」

禄兵衛がつまらなそうに受け流した。

峰の背後の助左衛門に気付くと、急に険しい顔つきになる。

「なんだ、あんたが一緒なのか？」

「先日はたいへんな失礼を申し上げました。どうぞお許しくださいませ。吉原の土地の件は、お江戸に来たばかりで見るもの聞くものすべてが珍しく浮ついておりました。与吉さんに叱られて今は心より反省して、里の俵屋にふさわしい場所を探しています。決して禄兵衛さんを軽んじたつもりはございません」

助左衛門が深々と頭を下げた。

「どうしても、お詫びをさせていただきたいと思いまして。お邪魔でしたら私はここで帰らせていただきます」

「あんたにはここは売らないよ」

禄兵衛が冷たい声で言った。

「けど、いてもらって構わないさ。これから先にどこかの土地を買う際に、今日のことが学びになるだろう？」

禄兵衛の声にわずかな温もりを感じた。

「……ありがとうございます」

助左衛門が頭を下げた。

「これでいいかい？　あんたもそのつもりで連れてきたんだろう？」

禄兵衛が峰に苦笑いを浮かべた。

「実は仕事を頼みたくてね。あらかじめ訊いておくけれど、あんたは仲三に直に雇われている、ってわけじゃないね？」

「普請の仕事、ということですね。でしたら仲三さんを通さなくて構いません。けどこちらも筋を通さなくてはいけませんので、仲三さんにとって都合が悪い話になるならば、お受けするわけにはいきませんが……」

「松葉屋が少しでも高く売れるような形に、普請で整えて欲しいんだ」

「手配師の仲三さんではなくて、禄兵衛さんが普請をするんですか？」

どういうことだろう。

「ああ、そうだ。金だってこっちが払うんだから、仲三は何も文句はないはずだよ」

峰は首を捻った。もう手放すことを決めた家に、わざわざ金をかけて普請を入れるなんて聞いたことがない。

買い取った家の普請を手間だと思う手配師などどこにもいない。

手配師とは、前の住人が暮らしていたままの家をそっくりそのまま引き取り、片付けや普請を行って次の住人の望むとおりに整えて、その手間賃を乗せて売るものだ。

長年日本橋の真ん中で商売をしている禄兵衛に、そんな簡単な道理がわからないはずはないのだが。

いったいどうしてですか、と聞きかけて、峰は口を噤んだ。

禄兵衛はずいぶん浮かない顔だ。一言口を開くごとに重苦しいため息をつく。

綾の「お気の毒に」という言葉が胸に蘇った。

「中を見せていただいてもいいですか？　先日よりももっとじっくり真剣に検分させてください」

今は禄兵衛の話を最後まで聞こう。

峰は腹を決めた。

「ああ、よろしく頼むよ」

禄兵衛が頷いて渡り廊下を進んだ。

現れた広間には、やはり壁にくっついた妙な階段がひどく目立つ。

「先日仲三さんともお話ししていたように、この階段は取り外すことになるかと思います」

言葉に注意しつつ峰は階段に手を当てた。と、鋭い痛みに「わっ」と思わず手を引っ込めた。

驚いて指先を確かめると、尖った木の屑が棘になって刺さっている。

木材というものは雨ざらしでもしない限り、いくら年月が経ってもこんなふうに節の形を無視して、てんでんばらばらな割れ目ができるようなことはない。

「いててて」と呟いて棘を取り去ると、峰の指先に血の粒が膨らんだ。

木材が元からこんなに傷んでいたら、いくら腕に自信のない大工だって必ず気付くはずだ。いったいどうして、この階段にささくれができるんだろう。

「平気かい？　言い忘れていて悪かったね。そこは触っちゃいけないんだ。女房と俺にとっては当たり前のことだったから、ついつい……」

禄兵衛が飛んできた。

「このくらい、何でもありませんよ。どの家でも、そこで暮らす人だけが知っている決まりがありますよね。前に普請に入ったところでは、赤ん坊が生まれてご亭主が大喜びして飛び上がったら、床に大きな穴が空いてしまった家がありました。家族みんながそこの穴を器用に避けて、何年も平気な顔で暮らしていたんです」

場を解そうとした峰の言葉に、禄兵衛がふっと笑った。

「そこの家は、その穴ぼこを塞ぐ普請をするまで、結局何年かかったんだい？」

「それがそれが、私はその穴ぼこを塞ぐために呼ばれたわけじゃないんです。私の仕事は天井の雨漏りの修理でした。家の真ん中の穴ぼこが気になって仕方がないので、お代はいらないからついでに直しておきましょうか、とまで言ったんですがね。家族皆が、この穴ぼこは家族の大事な思い出だから、って口を揃えて、今もきっとそのままです」

「家族の大事な思い出、かい？　家の真ん中の穴ぼこがねえ」

禄兵衛がくくっと肩を揺らした。

「けど、俺だって少しもそこの家を笑えないな」

壁にくっついた階段を見上げる。

「これは女房が飼い猫のために作った階段なんだ。あんたに怪我をさせちまったのは、猫の爪研ぎの跡さ」

「猫！　そうでしたか！」

峰は掌(てのひら)をぽんと叩(たた)いた。

「臆病(おくびよう)者の猫で、表の野良猫が怖くて家から出られない奴だったんだ。けれど高いところがすごく好きだったから、いっそ家の中に階段を作っちまおうってことになってね」

「猫のための階段、なんてずいぶん贅沢(ぜいたく)ですね！」

「あいつは猫のためなら何だってしたんだ」

緑兵衛が苦笑した。

と、その両目が涙で潤む。

「私たちには子ができなくてね。あの猫と過ごした十年ほどは、おとっつぁんとおっかさん気分でほんとうに楽しかったさ。だからあの猫が死んじまってからも、この階段をわざわざ取っ払っちまおうって気分にはどうしてもなれなかったんだ」

「お気持ち、わかります。ご家族の大事な思い出ですからね」

峰は頷いた。

「ですが普請は、次にここに暮らす方にお任せしてはいかがですか？　新しい住人にとってより暮らしやすい普請を行えば、より笑顔の溢れる場所になります」

峰は細心の注意を払って言った。

緑兵衛はこの店と屋敷を手放したくないのだ。だから思い出を台無しにされたくないという気持ちで、己の手で許せる範囲の普請を整えようとしている。

だがそんなふうに前の住人の未練の残った屋敷では、新しい住人は気持ちよく使うことができない。

「なるほどな。笑顔の溢れる場所か……」

峰の言葉は緑兵衛の胸に届いたようだ。

禄兵衛の穏やかな顔に、峰はほっと胸を撫でおろした。

「この店も、この屋敷も思い出だらけさ。わかってもらえて嬉しいよ」

禄兵衛がしみじみと言った。

黙って二人を見守っていた助左衛門に、ふいに顔を向ける。

「あんた、助左衛門って言ったね。この間は意地が悪いことを言って済まなかったね。どうやら私は気が立っていたようだ」

禄兵衛が肩を竦めた。

「いえいえ、そんな、そんな……」

「あんたにだけは譲らない、って、その言葉は撤回するよ。もしもあんたがどうしてもここを欲しい、っていうなら。ここで俵屋の商売をしたいと心底願うなら、ご縁があるかもしれないね」

峰と助左衛門は顔を見合わせた。

いったいどういう意味なのだろう。少し事態は良くなったには違いないが、禄兵衛の含んだ言い方からすると、素直に喜べる話ではなさそうだ。

「あ、あ、ありがとうございます。ええっと、とても、とてもありがたいお話です」

助左衛門はいつにも増して頼りない調子で、幾度も頭を下げた。

5

「あの分厚い灰色の雨雲がまさか晴れるとは思いませんでした。これは、私の日頃の行いが良いからに違いありませんね」

助左衛門が空に向かって両手を広げた。

灰色の雲がまだところどころ残っているが、その向こうには夕暮れの青空がはっきり見える。

「花がたくさんお祈りしたからよ。どうか、どうかお空が晴れて、助左衛門さんを菊見に連れて行ってあげられますように、ってね」

「そうかい、そうかい、それはお花ちゃんのお陰だね。お花ちゃんは優しい子だねえ」

助左衛門は大きな水溜まりだらけの道を、花と二人で蛙のようにぴょんぴょん跳ねながら進む。

「ほんとうに、まさか晴れるとは思わなかったわね」

峰と並んで歩く綾が、巾着袋をぶらぶらさせながら空を見上げた。

日が傾いていくにつれて、道端の濡れた草むらからか弱い秋の虫の音が鳴る。この大雨の中、よくぞたくましく生き抜いてくれたと嬉しくなってくる。

「助左衛門さんも、いい気晴らしになるといいけれど」

気晴らしどころか、花と一緒に浮かれ切って燥（はしゃ）ぎ回る助左衛門の背を見て、綾と顔を見合わせて笑った。

雑司ヶ谷に近づいていくにつれて道行く人の中に、見事に咲き誇る菊の鉢を抱えている姿がちらほらと見えてきた。

人混みはもう身体が辛いという与吉と芳を置いて、若者たちだけで雑司ヶ谷の鬼子母神へやってきたのだ。

鬼子母神の境内は、白、黄、紅、橙の色とりどりの菊の花で作られた帆掛船や虎、菊人形が所狭しと並び、着飾った人たちでごった返していた。

菊細工の横には、一目でとんでもない値がつくとわかる大輪の花を咲かせた菊の鉢が並んでいた。

「わあ、こんなにたくさんの菊の花、見たことがありません！」

助左衛門は悲鳴に近い声を上げると、一目散に人混みの中に駆けて行ってしまった。

「助左衛門さん、待ってよう！」

置いてきぼりを喰らった花は、唇を蛸の口のように窄めて怒っている。

「お花、おいで。助左衛門さんは忙しいのよ。おっかさんとお峰ちゃんと回りましょう」

綾が可笑しくてたまらないという顔で、花を抱き上げた。

境内には、さまざまな出店が出ていた。

花に菊を模した色鮮やかな紙細工を買ってやり、子供に戻った気分で綾と飴ん棒を舐めた。与吉と芳への土産に長寿のお守りを買って、もうそろそろ帰ろうかと思ったところで、両腕をいっぱいに広げて三つも菊の鉢を抱えた助左衛門に再会した。

「助左衛門さん、鉢を三つも買ったのかい！」

峰が目を丸くすると、助左衛門は汗を搔いて赤い顔をしながら、「ええ、どうしても欲しい鉢がちょうど三つあったものでして」と言いつつ、おっと、とよろめく。

「ちょ、ちょっと一つ貸してごらん。手伝うよ。いくら何でも、ひとりで鉢三つを運ぶのは無理だよ」

植木鉢は、たった一つだけでもずしりと重い。

「すみません、実のところは心から助かります」

「助左衛門さんって、ほんとうに花が好きなのねえ。私なんて、いくら綺麗な花でも後からたくさん手間がかかることを思うと、鉢植えを買うのはどうしても及び腰になっちゃうわ」

綾が感心した顔をした。

「手を掛けることこそが楽しいんですよ」

助左衛門が良い笑顔を見せたそのとき、背後から大きな声が聞こえた。

「さあさあ、皆さま、よくぞお集まりいただきました！」

明るくよく通る声だ。

初老の物売りの男の口上だ。

「お喋り自慢の物売りが、ああやって人を集めて商売をするんだよ。みんな、物売りのお喋りを楽しんでいるうちに、蝦蟇の油やら氷の刃やらを気付いたら欲しくてたまらなくなるんだよ」

不思議そうな顔をした助左衛門に説明する。

「蝦蟇の油、ですって？」

助左衛門が気味悪そうに訊いた。

「どんな傷もあっという間に治す、って妙薬よ。みーんな一度は買わされるけれど、幸いあの薬のお世話になるような大怪我をしないうちに、気付いたらどこかへなくなっちゃうのよね」

綾が苦笑した。

「お姉さん、今日あたしが売っているのは、蝦蟇の油なんかじゃないよ！」

物売りに声を掛けられて、綾は「あら、ごめんなさい」とぺろりと舌を出した。

「今日、持ってきたのはこれさ。猫の薬、だ」

物売りの男が巾着袋を緩めて、怪しげな一粒の白い丸薬を掌に出した。

「猫の薬？　猫に呑ませる薬のこと？　それとももしかして猫が作った薬？」

綾と花が顔を見合わせて首を捻った。

「いやいや、これは、猫の群れの大将だけが飲むことを許されているという、万病を治して寿命を七年延ばす秘薬さ」

「猫って群れで暮らすんだったかしら？」

物売りが綾をぎろりと睨みつけた。

「ごめんなさいね。もう余計なことは言いません」

綾がもう一度舌を出して笑う。

「この猫の薬、今日ここにあるのはたった一つ、これだけだ」

物売りが得意げに皆に巾着袋を示す。

「たった一つかい？　それじゃあ、商売上がったりだろう！」

　見物人の中から野次が飛ぶ。

「そうさ、その通りだ。わざわざうんと遠くからやってきて、売り物はたった一粒の秘薬だけ。悲しくて涙が出るよ」

　物売りが泣き真似をしてみせる。

「けどね、それは仕方がないのさ。何せこの薬は、余程のことがなければ手に入らない秘薬の中の秘薬だからね。旅人が異国の山奥にある猫の町まで出かけてとんでもない苦労の末に手に入れた薬さ。ここにいる皆が生きているうちに再び目にすることは決してない、って言い切れるさ」

「……ほんとうに、七年も寿命が延びるんですか？」

　助左衛門が呻くように訊いた。

「ああ、そうだよ。間違いない」

　物売りが自信満々に頷く。

「いったいいくらだい？」

　人混みの中からまた声が飛んでくる。

「そこんところで悩んでいるんだよ。二度と出会えない秘薬中の秘薬。いったいいくらで売ったらいいもんか……」

「三十文はどうだい？」

物売りが声のした方を見た。

「三十文。よござんすね。蕎麦が二杯は食べられます。たった一粒の丸薬にしてはずいぶんな高値をつけていただいて、たいへん嬉しゅうございます。他に欲しい方がいらっしゃらなければ、そんなもんでお譲りいたしましょうか」

「ま、待て！　五十文まで出すぞ！　それで寿命が買えるってんなら安いもんさ！」

ふいに別のところから声が響いた。

物売りの男が動きを止める。

「そうでございますか！　でしたらこちらも商売ですので、あなたさまにお譲りできましたらと……」

「六十文だ！」

「いや、七十文だ！」

堰を切ったように声が乱れ飛ぶ。

「おっと助左衛門さん、いけないよ。こういうのは、うまい遊び方を知っている人しか手を出しちゃいけないんだよ」

今まさに口を開いて値を言う隙を伺っている助左衛門を、慌てて止めた。

どこまで仕込みが混じっているかわかったものではない。どんどん値が吊り上がっていく中で、場に呑まれた助左衛門が一言値を言ったそのときに、ぴたりと次の声が止まってもおかしくないのだ。

「そ、そうでしたか。思わず、まさに今ここで買っておかなくてはいけない気分になってしまいました」

峰に説明された助左衛門は、菊の鉢を両脇にしっかり抱えて「危ないところでした」とほっと胸を撫で下ろした。

6

次の朝早く、峰が道具の手入れを始めようと表に出ると、戸口に置いた菊の鉢の前に助左衛門の姿があった。

「助左衛門さん、ずいぶん早いね」

峰が声を掛けると助左衛門は人懐こい笑みを浮かべて、

「おはようございます。菊の花が気になっていてもたってもいられず、夜明けとともに参りました」

と頭を下げた。

「花は、鉢を買い求めてすぐがいちばん大事なんです。日当たりも水も肥料にも何も問題がなくとも、見知らぬところに連れてこられたというだけで、すっかり萎縮してしまう株もあります」

助左衛門は「ですからこうして」と続けて、菊の前にしゃがみ込む。

「声を掛けてやるんです。うちへ来てくれてありがとう、安心して綺麗な花を咲かせておくれね、ってね」

「へえ、素敵だね。菊には耳があるのかい？」

峰は助左衛門はまるで赤ん坊を愛でるような何とも優しい顔をする。

峰は助左衛門と並んで菊を眺めた。

「実のところは、これはお遊びです。きっと菊には私の声なぞ少しも聞こえてなんていません」

「えっ？」

案外冷めた答えが返ってきて驚いた。

「ですが、こうして心を込めて話しかけていれば、普段は気付かないほんの小さな虫や病葉に気付くことができますからね」

「なるほど、そういうことなんだね」

峰は感心して頷いた。

「里で出会った腕の良い百姓たちの受け売りです。皆、己の作物を我が子のように可愛がって声を掛けて育てていました」

助左衛門が遠くを見るような目をした。

「それだけ助左衛門さんに手を掛けてもらえたら、きっとこの菊もすぐに新しいところに慣れてくれるね」

「ええ、ですがいつまでも与吉さんのお宅に間借りを続けるわけにもいきません。近いうちに、この鉢たちに終の住処を見つけてやらなくてはと思います。ひとところに落ち着いて、安心してたくさんの花を咲かせることのできる場が必要です」

助左衛門が、未だに弱々しい花を咲かせているつつじの鉢にも目を向けた。

鉢だけではなく、己の話をしているのだとわかる。

「禄兵衛さんの日本橋の店、ご縁があるといいね」

「ええ、そうですね。ですが、禄兵衛さんの言ったご縁という言葉の意味が私にはよくわからなくて……」

そのとき、路地に駆け込んでくる人影があった。

「おうい！　たいへんだ！」

手に文を握った仲三だ。

「あ、仲三さん。実はあれから、助左衛門さんと一緒に禄兵衛さんのところに行ったんです」

「ああ、事情はここに書いてあったよ」

説明しようとする峰を遮って、仲三は文を振って頷いた。

禄兵衛からの文ということだろう。

「禄兵衛が競りをやるそうだ」

「競りですって？」

峰と助左衛門は顔を見合わせた。

菊見での猫の薬売りの光景が脳裏を過る。

「ああ、そうさ。競りの相手は栄之助だ。栄之助は、どうしてもあの店を買いたいって金持ちの後ろ盾を見つけてきたらしい」

商売の世界では筋を通すことは大切だ。だが魚河岸でも牛馬の仔でも、売り物により高値をつけてでも買いたいという相手には、お互い恨みっこなしで譲るのが決まりだ。

「それじゃあ、仲三さんにそれを正式に伝えてきたってことは……」

「私が助左衛門のために競りに参加していい、ってことだろうな。どうだい、私に任せてくれるかい？　競りってのは、相場よりずいぶん安くなる場合もあるし、逆に馬鹿みてえに高くなっちまう場合もある。手配師泣かせにゃ違いねえんだが」

　仲三が腕まくりをした。

「……あのう、その競りというものについて伺いたいのですが」

　助左衛門がおずおずと言った。

「何だい？　何でも聞いてくれ」

「仲三さんではなく、私自身が参加するということはできるのでしょうか？」

　もちろん手間賃は決まりどおりに仲三さんにお支払いします、と、助左衛門は慌てて続けた。

「助左衛門自身が競りに参加するって？　そりゃ、やめといたほうがいい。競りってのは相当の場数を踏んだ者同士が、狐と狸の化かし合いみてえにやるもんさ。俵屋さんがいくらまで出せるかだけを教えてくれたなら、俺が代わりにやったほうが損にはならねえはずさ」

仲三が心配そうに首を横に振った。

「仲三さんの仰る(おっしゃる)とおりだと思います。ですが私は、どうしても己の力であの店に向き合いたいんです」

助左衛門が仲三をまっすぐに見た。

助左衛門の背後にはひどく季節外れのツツジと、朝いちばんよりも花弁が少し開いた菊の花が輝いている。

「へえ……」

仲三は少し考えるような顔をしてから、うんっと大きく頷い(うなずい)た。

「あんたがそこまで言うなら、やってみるといいさ。痛い目を見るのも学びになるだろう？」

わざと意地悪そうに言って、目くばせをして笑う。

「いいことを教えてやるぜ。あの店の値の落としどころは、きっと三千二百両だ。無理をしたところで三千五百両が天井だな。いくら熱くなっても、それ以上出したら大損だ。俺の目には狂いはねえぞ。しっかり覚えておきな」

仲三は助左衛門の肩を力強く叩い(たたい)てみせた。

## 7

松葉屋の店先で禄兵衛が難しい顔をしている。

助左衛門と峰、そして仲三の三人で約束よりも早くにやってきた。

売り物の化粧道具や、帳面やら手拭いという細々したものは、与吉の手配でさっぱり片付けた。土間に置きっぱなしになっていた暖簾も、古着屋が喜んで引き取っていった。

それから塵一つないくらい綺麗に掃除をした。

新しい店主が大八車に載せて引っ越しの道具を運んできさえすれば、明日にでも商売を始めることができそうなほど整っていた。

「そろそろ、栄之助さんがいらっしゃる頃でしょうかね」

峰が表を伺おうとしたまさにそのとき、外側からがらりと戸が開いた。

「おや、そこにいるのは助左衛門さんですね。これは奇遇ですねえ。どうしてあなたがここにいるんです？」

現れたのは小柄な顔にいかにも善良そうな笑みを浮かべた年の頃四十くらいの男――栄之助だ。

「え、えっと、これは、えっと」

助左衛門が、真っ赤な顔をしてしどろもどろになった。

しかし思い直したように口を結ぶと、

「その節はお世話になりました」

と栄之助の顔を見てはっきりと言った。

「今日はこの栄之助と仲三の二人で、ここにいくらの値をつけるかを話し合ってもらおう。ここは、高い値を示してくれたほうに売る。私はとんでもない安値でここを売り急ぐ気もなければ、相場の波に乗って常軌を逸した大儲けをしてやろうと企んでいるわけでもない。松葉屋にふさわしい、正しい値を付けて欲しいだけなんだ」

禄兵衛が宣言した。

「そのことですが、今日、競りに出るのは助左衛門になります」

仲三が言うと、禄兵衛がぎょっとした顔をした。

「助左衛門が競りに出るって？　まさかそんな」

「禄兵衛さんが今日ここでされたいことの意味はわかっています。禄兵衛さんが酷く損をするような常軌を逸した番狂わせにはならないよう、私がしっかり付き添いを務めます」

　仲三が慇懃に言った。

「……私が損をしないと約束したね？　ならそれでいいんだ」

　禄兵衛が憮然とした様子で言った。

「この家の売値は、一文から始めようと思う。二人で好きなところまで競り上げてもらって、もうここまでとなったら私は一切文句を言わずにその値で売るよ」

　禄兵衛が言った。

「わかりました。よろしくお願いいたしますよ」

　栄之助は慣れた顔だ。

「一文ですか……」

　助左衛門のほうは不安げな顔をして、こくりと頷いた。

「最後に店と屋敷を一回りしてもらって、それから競りを始めよう」

　禄兵衛の家に繋がる渡り廊下を、皆で子供のように押し黙って従いていった。

　先に口火を切ったのは栄之助だ。

「光を採るのは主に西側、ですねえ。それも少々北よりの西側ですな」

　仲三の眉がぴくりと動く。

　庭に立つ大きな木に目を向けて、影の向きに納得したというように微かに頷いた。

「南向きの大きな窓だけがすべてに勝る、ってわけでもないよ。日当たりが良すぎると、家の傷みが早くなるって嫌がる人もいるさ」

一応反論しつつ、家の中を検分する仲三の目は真剣だ。

「敷居の段差が少々大きめですね。足の悪い年寄りには危ないかもしれません。大掛かりな普請が必要でしょうかねえ」

栄之助が仲三の顔色を窺う(うかが)ように言う。

「まあ、それは確かに、あんたの言うとおりではあるな」

仲三は勢いよく鼻息を吐いた。

二人は何やら真剣に話し合いながら、屋敷の中を歩き回っている。

助左衛門は控えめに背を丸めて、ただ二人の後ろをくっついて歩いているだけだ。

禄兵衛はさりげなく縁側に出た。皆が己に気を遣わずに話し合えるようにと考えたのだろう。

「仲三さんも栄之助さんも真剣です。きっと良い値がつきますね」

峰が声を掛けると、禄兵衛は頷いた。

「あの助左衛門が競りに出る、って言い出したのが気になるがな。仲三が付き添ってくれるって話なら構わないさ。表向きだけ坊ちゃんの好きにさせてやって、実のところはすべて仲三がやるようなもんだろう？」

緑兵衛が苦笑いを浮かべた。

「今日の助左衛門さんは、どこか普段と違う覚悟があるように思います」

あまり助左衛門に肩入れをすると、緑兵衛に嫌がられてしまう。

峰は慎重に言った。

「そうかい。じゃあ、ここで手練手管の栄之助にこっぴどく負けるってのもいい学びになるな。里からお江戸に出てきた者にとっちゃ、これから数年、痛い目に遭うのはすべて大きな学びだよ」

緑兵衛の言葉の奥に温かみを感じた気がした。

「緑兵衛さんも、そんな思いをされたんですか？」

「もちろんだよ！」

緑兵衛が目を剝くようにして大きく頷いた。

「私がこの店を構えるまでにどれほど泥水を啜ったことか。お江戸に来てから、安心してぐっすり眠れたことなんて一度だってありゃしないさ。その様子じゃ、あんたは江戸っ子だね？　私の苦労は、きっと少しもわからないだろうね」

「すみません」

峰は肩を竦めた。

「いや、いいのさ」

禄兵衛が覚えずして熱くなってしまったことに照れるように笑った。

「私にとって田舎者ってのは誇りだよ。誰にも頼ることができないお江戸に身一つで出てきて、女房と一緒に、うまく行ったり行かなかったりの大騒ぎをしながら懸命に働いた経験ってのは、とんでもなく楽しかったさ。日々の騒動のすべてが、学びの連続なんだからね。元からお江戸の生まれだったなら、きっと里の奴らと同じように、慣れ親しんだ土地で気を抜いて遊んで暮らしちまったに違いないさ」

禄兵衛の力強く頼もしい口調に、峰は微笑んだ。

「日本橋に店を構えるってのは、面倒臭いことばかりだよ。それこそ国じゅうからここを目指してぎらついた商売人が押し寄せて来るからね。次から次に揉め事が起きて、せっかくここに店を構えても、店賃が払えなくなって一年と持たない店がほとんどだ。そんな〝田舎者〟の仲間たちの姿を見るのは、たまらなく寂しくてねえ」

禄兵衛が目を細めた。

「そんな中でこれだけの店を続けられたということは、たいへんなご苦労をされたんですね」

「うちは、女房がとんでもなく商売の才のある遣り手だったのさ。あいつがいなくちゃ松葉屋は決して回せないってのは、みんなわかっていたことさ。だから私はここに少しも心残りはないんだ。これから先は、またとんでもなく腕の良い商売人が日本橋を華やかに彩ってくれりゃ、それが幸せさ」

禄兵衛が己に言い聞かせるように言った。

「禄兵衛さん、ありがとうございます。存分に見させていただきましたよ」

仲三と栄之助、そして少し遅れて助左衛門が部屋の奥から戻ってきた。

「それじゃあ、競りを始めようかね」

禄兵衛が言うと、助左衛門が真剣な目をして額の汗を拭(ぬぐ)った。

8

「一文だよ。さあ、ここから値を上げておくれ」

「……ええっと、二文」

助左衛門が仲三を振り返りながら言った。

「百文」

栄之助がいかにも楽し気に言う。こうして少しずつ値を上げるのは場を温めるためだろう。


「ええっと、それでは二百五十文」

しばらくお互いじゃれるように安い値を言い合ってから、ふいに栄之助が鋭い目をした。

「二千八百両だ。二年前に、向かいの嶋田屋が売れた値さ。ここから始めよう」

大通りの向かい側にある嶋田屋は数年前までは名の知れた酒屋だった。禄兵衛の店よりほんの少し広いくらいだが、建物は向こうのほうが十年ほど古びていたはずだ。

「二千八百両だって？　嶋田屋さんがそんな安値で売れたはずがないだろう？」

禄兵衛がぎょっとした顔をする。

「嶋田屋さんは、わけがあって売るのを急いでいたからね。禄兵衛さん、安心しておくれ。競りはここからだよ」

仲三が口を挟んだ。

「三千両出しましょう」

栄之助が言った。

「……三千五十両」

助左衛門がおずおずと言った。

「もう少しじっくりと考えていただいてもよろしいんですよ？」

栄之助は呆れたように笑ってから、

「三千百両です」

上を行った。

「さ、三千二百両」

仲三が〝落としどころ〟と言っていた値だ。

峰は思わず仲三の顔色を伺おうとして、慌ててやめた。

敵に己の手の内を見せるわけにはいかない。

栄之助の眉間に皺が寄った。

「……三千二百五十両です」

助左衛門が刹那、黙った。

「三千三百両を出します」

「三千四百両」

栄之助が間髪を容れずに言い放った。

「三千五百両です」

仲三に〝天井〟と言われた値だ。これ以上は大損になってしまう。

助左衛門が額の汗を拭いた。栄之助がそれに目を留めてふっと笑う。

「三千五百五十両」

栄之助が得意げに言った。

助左衛門が、仲三が、三千五百両を天井と決めていたことをすっかり見越した顔だ。

栄之助の後ろ盾の金持ちは、よほどこの地を気に入っていて、さらに金に糸目は付けないという考えなのだろう。

「三千六百両払います」

峰は息を呑んだ。

駄目だ。これでは〝大損〟だ。

きっと仲三が助左衛門に忠言をしてくれるに違いないと思ったのに、仲三は微動だにしない。

「ああ、そうですか」

栄之助が引きつった顔で笑った。

「そちらがそのつもりなら、意地にならせていただきますよ。これが最後、三千七百両です。この値を払うことになるんじゃあ、ちっとも出物とは言いませんがね」

栄之助が、苦虫を噛み潰したような顔をした。

「三千八百両」

助左衛門が栄之助をじっと見つめて言った。

「ちょ、ちょっと待て！　仲三、お前が吹き込んだのか？　いったい何を企んでいやがるんだ!?」

栄之助の言葉遣いが、声色が、急に変わった。

「助左衛門、あんたは仲三に騙されているよ！　きっと仲三から、ここの手間賃を何割か貰うって言われているんだろう？」

「いいえ、手間賃は一律です。値を付けているのは私です。私がここを三千八百両で買いたいんです」

助左衛門が静かに答えた。

「三千八百両だって？　こんな襤褸屋敷にそんな価値があるもんか！」

栄之助が顔を真っ赤にして吐き捨てた。

直後に、しまった、という顔をする。

「――話は決まったね。ここは三千八百両で助左衛門に売るさ。栄之助、あんたはお引き取り願おうか」

禄兵衛が低い声で言った。

9

栄之助が立ち去って、屋敷にはしばらく水を打ったような沈黙が訪れた。

助左衛門は呆然(ぼうぜん)としたような顔をしつつも、どうにかこうにか唇を結ぶ。

禄兵衛はそんな助左衛門の姿をじっと見つめた。

「約束だ。ここは三千八百両であんたに売ろう」

しばらく黙ってから禄兵衛が厳かな声で言うと、助左衛門がはっとした様子で顔を上げた。

「今になって頭が冷えたかい？　栄之助が言ったとおり、この襤褸屋敷に三千八百両の価値なんてなかった、って気付いちまったかい？」

「……そんな、そんなことはありません」

助左衛門が慌てて大きく首を横に振った。顔色は紙のように白い。

「残念だったな。あの栄之助の言ったことはほんとうさ。あんたは相場よりもずいぶんな高値でここを掴(つか)まされちまったよ。売主の私としては笑いが止まらないさ」

禄兵衛がわざと意地悪く笑ってみせた。

助左衛門がどう応じたらいいのかわからないように、峰に、仲三に縋るような目を向けた。

「禄兵衛さん、そんな言い方はなさらないでくださいな。助左衛門さんは、すべて己の意志で、ここに三千八百両の値を付けたんです」

見ていられなくなって、峰は口を挟んだ。

「助左衛門さん、そうですよね？」

助左衛門に念を押す。

「は、はい。すべて私が決めたことです」

助左衛門は発した言葉を己に言い聞かせるように、ぼんやりと視線を泳がせた。

「すべて……私が……」

そのとき、ぷっと噴き出す笑い声が響いた。

「禄兵衛さん？」

驚いて顔を向けると、禄兵衛が腹を抱えていかにも愉快そうに笑っていた。

「ああ、あんたのその顔、面白くてたまらないよ。ろくな経験もないもんだから、腹の内じゃあおっかなくてたまらねえのに平気なふりをして。度胸試しをしてみたら、加減がわからなくてとんでもねえことをしちまった、ってな。いかにもお江戸に出てきたばかりの浮ついた田舎者の顔さ！」

「禄兵衛さん、さすがにそれは……」

助左衛門に失礼なのでは、と言おうとして、禄兵衛が口にする〝田舎者〟という言葉の優しい響きに気付いた。

「田舎者ってのは、お江戸じゃ踏(ふ)んだり蹴(け)ったりさ。悪い奴に騙されて金をむしり取られて、どうでもいいところで見栄を張って恥を掻いて、おまけに見渡す限り己の味方なんてどこにもいないんだからな。何から何までどこを取っても、上手く行くはずなんてありゃしねえんだ」

禄兵衛が助左衛門に優しい目を向けた。

「あんたのその顔は、ずっと昔の私の顔だよ。お江戸に出てきたばかりの私の顔だ」

助左衛門が息を吞んだ。

「禄兵衛さん、あの、私は……」

すぐに、気を取り直したように身を正す。

助左衛門がおずおずと口を開く。

「私は、この店と屋敷には、三千八百両の価値があると思っています。私の頭の中にある商売を形にするためには、俵屋はどうしてもここでなくてはいけなかったんです」

力強い声で言い切った。

「競りで熱くなったわけではありません。値を見誤っていたわけでもありません。私はこれからお峰さんに普請を頼んで、仲三さんにたくさんの力添えをいただいて、ここを日本橋でいちばん賑(にぎ)わう店にしてみせます」

禄兵衛が頷(うなず)いた。

「あんたのその言葉が聞きたかったんだ。ぜひとも、その意気でやっておくれ」

禄兵衛と助左衛門は微笑み合った。

「だが、お峰に普請を頼むというのはわかる。仲三にはどんな力添えを頼むというんだ……？」

10

「まったく日本橋ってのは、相変わらずすごい人だね。いつ誰かにぶつかっちまってひっくり返るかって、ひやひやするよ」

与吉が年寄りじみた言葉に反して、日本橋の人混みを素早く縫って歩く。

「おっかさん、日本橋ってのは人だらけで土埃だらけね。せっかくおめかしした着物が、汚れちゃわないかしら？」

綾に手を引かれた花の可愛らしい声が聞こえる。

「おめかしですって？　お花の浴衣はいつものと同じでしょう？　土埃くらいすぐにおっかさんが洗ってあげるわよ」

綾が不思議そうに答えた。

「おめかししているのは花じゃないわ。おっかさんのことよ」

「えっ……」

峰が振り返ると、普段よりも念入りに化粧をして見慣れない小袖を来た綾が、頬を赤らめていた。

「おっかさん、仲三さんに会うのが楽しみねえ。お花、仲三さんが大好きよ」

「ど、どうして仲三さんの名が出てくるのよ……」

綾は明らかにしどろもどろな様子だ。

「仲三がいるのは当たり前さ。今日見せてもらうお峰の普請には、仲三がずいぶんと関わっているんだろう？」

与吉が峰に訊く。

「ええ、仲三さんの力添えがなければできなかった店ですよ」

「俵屋さんがいったいあそこにどんな店を構えたのか、楽しみだねえ」

与吉が目を細めた。

皆で人混みを掻き分けて進むうちに、日本橋が見えてきた。

「わあっ！　きれい！」

花が歓声を上げた。

店先には、ツツジに朝顔、おまけに桔梗に菊や椿まで、季節を問わずに溢れんばかりの花が飾られていた。

「お千代お嬢さんが駒屋の店先を借りたときに、客寄せのためお花を飾りましたよね？　あれを参考にして、植木屋の楽市さんに忠言をもらいつつ、こんなふうに花を飾れるような棚を作ったんです」

店先には大人の背丈ほどの高さの格子型の棚があり、格子のひとつひとつに鉢植えが飾られている。

「とっても綺麗ね。綺麗だけれど……」

綾が首を傾げた。

「つまり助左衛門さんは、俵屋さんを継ぐのをやめて植木屋さんを始めることにしたってこと？」

「そう思っても無理はないけれど、ここは俵屋さんの店先だよ。この棚の植木は、すべて俵屋さんの干鰯(ほしか)を肥料に使っているんだ」

峰は暖簾(のれん)に大きく書かれた俵屋の字を示した。

「じゃあここに飾られている植木たちは、俵屋さんの干鰯を使うとどんな花を咲かせることができるかの見本ってことね。見本と称して店先に目立つ花を飾ることで、俵屋さんの名はきっとこれからどんどん有名になるわね！」

綾がぽんと手を打った。

「続きは私に説明させていただけますか？」

店の中から助左衛門が現れた。

朝顔柄の着物姿で、与吉に、綾に会釈をする。

「松葉屋の店を三千八百両という高値で競り落としてしまった手前、あれから私は幾晩も必死に頭を振り絞って先のことを考えました」

助左衛門が己のこめかみを指さす。

「私はお江戸に来てからずっと、ずっと目立つ場所に俵屋の店を構えることを目指しておりました。ですがそもそも問屋商売というのは、水運の発達した水辺に、蔵と一緒に店を構えるのがいちばん都合が良いはずです。お江戸の真ん中に俵屋を構えてその名を轟かすことと、商売をうまく進めること。その二つがどうしても成り立たなかったのです。ですから私はそれを、お峰さんと仲三さんに相談しました」

峰は頷いた。

「助左衛門さんがそう気付いてくれたことで、仲三さんが今の俵屋さんにぴったりな店構えを思い付いたんだ」

「このお店は花の見本を検分してもらって商売のことを話すだけの場にして、もう一つ、問屋としての実業のお店を河岸の近くに買い直すってこと？　それは贅沢ねえ」

綾が目を丸くした。

「いえいえ、お綾さん。さすがに私は、そこまでの無茶をさせてもらえるほどの身ではありません」

助左衛門が首を横に振った。

「河岸にもう一つの店を構えることは、そのとおりです。仲三さんの口添えで小網町信太河岸のかつて紙問屋だった店を居抜きで買うことになりました。人目に付きにくい奥まった場所だったので、広さのわりに手頃な値で手に入れることができました。ですがそうなると、日本橋にこんなに大きな店を構える余裕はありません。

ということで、さあ、私の考えたお江戸の俵屋をご覧ください」

助左衛門のあとに続いて、皆で暖簾を潜る。

「ええっ！　禄兵衛、どうしてあんたがここにいるんだい？」

与吉が素っ頓狂な声を上げた。

「それに、この店のつくり……」

かつて松葉屋の化粧道具が並んでいたところは、草履を脱ぐ程度の土間を残して、あとはすべて板張りの広い一間となっていた。

たくさんの文机が並んだそこは一つの机ごとに、左右が屏風で仕切られている。

その仕切りの一つ一つで、若者たちは机で筆を走らせたり、仲間と何やら深刻そうに話し合ったりしている。

皆を見渡せる框のところでは、禄兵衛と仲三が碁を打ちながら煙管を燻らせていた。

「やあ、与吉さん、久しぶりだね」

こちらに手を上げた禄兵衛の顔つきは、以前会ったときよりもずっと肌艶がいい。

「こりゃ、まるで天井が開いた長屋みてえな、寺子屋みてえな有様だな。皆、いったいここで何をやっているんだい？」

与吉がわけがわからないという顔をした。

「日本橋の俵屋の店は、この少し大きめの仕切りの一つ分でじゅうぶんです。残りは、私のような田舎者が、お江戸の商売を学ぶための場として貸し出すことにしたのです」

助左衛門が己を指さした。

「この場を使って俵屋をどんと店を構えるのは、やはりまだ荷が重いと助左衛門に相談されてね。ならば区切って小さな店にして貸し出してしまおうか、いやいやそんなことをしたら禄兵衛さんに申し訳が立たないぞ、なんてお峰と話しているうちに、閃いたんだよ！」

仲三が峰に目配せをした。

「俵屋さんの店に、里からお江戸を目指してやってくる大店の子息や番頭に、お江戸の暮らしや商売のやり方をじっくり教える塾を設けることにしたんだ。奥の家も、彼らが学びながら暮らす寮にすれば、店賃がずいぶん入ってくるだろう？」

仲三が腕を広げてみせた。

「関宿からやってくる俵屋の奉公人たちは小網町の店で暮らします。私がひとりで暮らすには、奥の家は広すぎますからね」

助左衛門が続けた。

「確かに面白い試みだよ。けれど禄兵衛、あんたはよく許したね。あんたの大事な松葉屋は、あくまでも俵屋さんに譲るつもりだったんだろう？　こんな目新しいことに使われちまうとは思っていなかったはずだよ」

禄兵衛が、与吉の驚きはもっともだ、という顔をした。

「田舎者の先達の私にここで師匠を務めて欲しい、なんて言われちまったら断れやしないだろう？」

禄兵衛が苦笑いを浮かべた。

「禄兵衛さんは何よりもお江戸の、この日本橋のこれからを考えてくださっていた方です。お江戸の暮らしに慣れながら禄兵衛さんから商売を学べば、悪い奴に騙されてすぐに店を畳む羽目になる、なんて商売人がぐんと減るに違いないと思ったんです」

峰は言葉を継いだ。

「お江戸で大きいことをしてやるって夢を胸に抱いた国中の田舎者がここを目指して来れば、きっと日本橋は、前よりももっと活気のあるところになるだろうと思ってね」

禄兵衛が頷いた。

「俵屋に、植木のための干鰯を取り扱うようにと忠言してくださったのは禄兵衛さんです。おかげで私は、己の花に関わりたいという夢を家業にそっくり生かすことができると気付きました。これから関宿の職人たちの意見も聞きながら、花を愛でるお江戸の人たちに向けた、匂いが少なくて、実を大きくするよりも花を大きく咲かせることに注力した干鰯を考えています」

花のこととなると急に目を輝かせる助左衛門を見ながら、禄兵衛は頼もし気に微笑んだ。

「すごいわ。みんなで力を合わせて、日本橋にこんな素敵な店を作ったのね」

綾がうっとりと見回した。

「助左衛門さん、よかったわね」

「ええ、お陰さまで。これでどうにか里の父にも顔向けができます」

助左衛門が頭を掻いた。

「……それに仲三さんもすごいわ。とてもいい考え」

綾と仲三が、微かに頬を赤らめて顔を見合わせた。

花がそんな二人を大きな丸い目でじっと見つめている。

新しい俵屋の店先には色とりどりの花が咲き誇り、中では言葉に訛り(なま)を残した若者たちが髪を振り乱して学んでいる。

「ここは前よりずっといい店になったな。いい普請だよ」

禄兵衛はそう言ってゆっくり屋敷を見回すと、目いっぱいに溜(た)まった涙を親指でぐいっと拭(ふ)いた。

本書は書き下ろしです。

# おしどり長屋

## おんな大工お峰　お江戸普請繁盛記

泉 ゆたか

令和5年 10月25日　初版発行

発行者●山下直久

発行●株式会社KADOKAWA
〒102-8177　東京都千代田区富士見2-13-3
電話　0570-002-301（ナビダイヤル）

角川文庫 23863

印刷所●株式会社暁印刷
製本所●本間製本株式会社

表紙画●和田三造



●お問い合わせ
https://www.kadokawa.co.jp/（「お問い合わせ」へお進みください）
※内容によっては、お答えできない場合があります。
※サポートは日本国内のみとさせていただきます。
※Japanese text only


ISBN 978-4-04-113100-8　C0193

◇◇◇

# 角川文庫発刊に際して

角川源義

第二次世界大戦の敗北は、軍事力の敗北であった以上に、私たちの若い文化力の敗退であった。私たちの文化が戦争に対して如何に無力であり、単なるあだ花に過ぎなかったかを、私たちは身を以て体験し痛感した。西洋近代文化の摂取にとって、明治以後八十年の歳月は決して短かすぎたとは言えない。にもかかわらず、近代文化の伝統を確立し、自由な批判と柔軟な良識に富む文化層として自らを形成することに私たちは失敗して来た。そしてこれは、各層への文化の普及滲透を任務とする出版人の責任でもあった。

一九四五年以来、私たちは再び振出しに戻り、第一歩から踏み出すことを余儀なくされた。これは大きな不幸ではあるが、反面、これまでの混沌・未熟・歪曲の中にあった我が国の文化に秩序と確たる基礎を齎らすためには絶好の機会でもある。角川書店は、このような祖国の文化的危機にあたり、微力をも顧みず再建の礎石たるべき抱負と決意とをもって出発したが、ここに創立以来の念願を果すべく角川文庫を発刊する。これまで刊行されたあらゆる全集叢書文庫類の長所と短所とを検討し、古今東西の不朽の典籍を、良心的編集のもとに、廉価に、そして書架にふさわしい美本として、多くのひとびとに提供しようとする。しかし私たちは徒らに百科全書的な知識のジレッタントを作ることを目的とせず、あくまで祖国の文化に秩序と再建への道を示し、この文庫を角川書店の栄ある事業として、今後永久に継続発展せしめ、学芸と教養との殿堂として大成せんことを期したい。多くの読書子の愛情ある忠言と支持とによって、この希望と抱負とを完遂せしめられんことを願う。

一九四九年五月三日

# 角川文庫ベストセラー

はなの味ごよみ
勇気ひとつ
高田在子

神田の一膳飯屋「喜楽屋」で働くはなの許に、ひとりの男が怒鳴り込んできた。男は、鎌倉の「縁切り寺」に逃げようとする女房を追ってきたという。弥一郎の機転で難を逃れたが、次々と厄介事が舞い込む。

お江戸やすらぎ飯
鷹井伶

幼き頃に江戸の大火で両親とはぐれ、吉原で育てられた佐保には特殊な力があった。体の不調を当て、症状に効く食材を見出すのだ。やがて佐保は病人を救う料理人を目指す。美味しくて体にいいグルメ時代小説！

お江戸やすらぎ飯
芍薬役者
鷹井伶

人に足りない栄養を見抜く才能を生かし、料理人を目指して勉学を続ける佐保。芍薬の花のような美貌の人気役者・夢之丞を、佐保は料理で救えるか――？　美味しくて体にいいグルメ時代小説、第2弾！

お江戸やすらぎ飯
初恋
鷹井伶

人に足りない栄養を見抜く才能を活かし料理人を目指す佐保は、医学館で勉学に料理に奮闘する。美味しくて体にいいグルメ時代小説、第3弾！

とわの文様
永井紗耶子

江戸で評判の呉服屋・常葉屋の箱入り娘・とわは、行方知れずの母の代わりに店を繁盛させようと日々奮闘している。兄の利一は、面倒事を背負い込む名人。今日はやくざ者に追われる妊婦を連れ帰ってきて……。

# 角川文庫ベストセラー